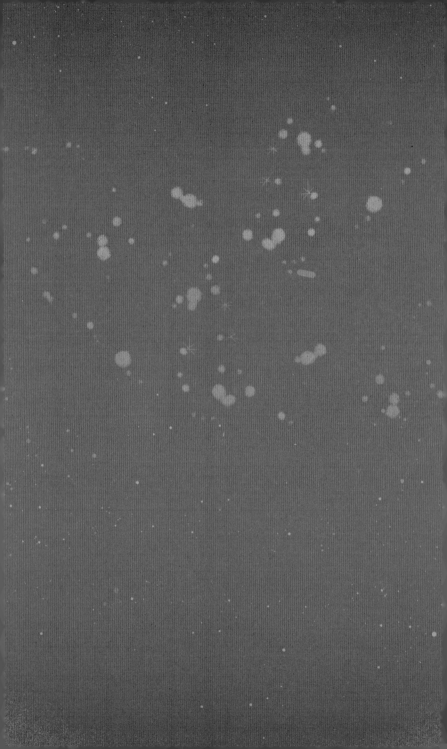

# 수상한 보물 탐험대 3

## 수상한 보물 탐험대 3

괴상한 저택과 수수께끼 방탈출

**초판 1쇄 펴낸날** 2025년 1월 31일

| | |
|---|---|
| **지은이** 플로리앙 드니송 | **편집** 이정신 이지원 김혜윤 홍주은 |
| **옮긴이** 장한라 | **디자인** 김태호 |
| **펴낸이** 이건복 | **마케팅** 임세현 |
| **펴낸곳** 도서출판 동녘 | **관리** 서숙희 이주원 |

**만든 사람들**

**편집** 이지원 **디자인** 김태호 **표지 일러스트** MOZA

**인쇄·제본** 새한문화사 **라미네이팅** 북웨어 **종이** 한서지업사

**등록** 제311-1980-01호 1980년 3월 25일

**주소** (10881) 경기도 파주시 회동길 77-26

**전화** 영업 031-955-3000 편집 031-955-3005 전송 031-955-3009

**홈페이지** www.dongnyok.com **전자우편** editor@dongnyok.com

**페이스북·인스타그램** @dongnyokpub

**ISBN** 978-89-7297-141-2 (74860)

　　　978-89-7297-138-2 (세트)

- 잘못 만들어진 책은 구입처에서 바꿔 드립니다.
- 책값은 뒤표지에 쓰여 있습니다.

# 수상한 ③ 보물 탐험대

## 괴상한 저택과 수수께끼 방탈출

리브와 잭에게.

# 1장

—

"여기서 컷!"

토마가 카메라 뒤쪽으로 몸을 수그리고 외쳤다.

아망다와 나는 우리의 다음 유튜브 영상의 마지막 장면이 될 부분을 여덟 번이나 촬영한 참이었다.

"끝이 안 날 것만 같았는데!"

아망다가 금발 머리칼을 귀 뒤로 쓸어 넘기며 말했다.

"미안, 내가 너무 말을 못했지."

내가 사과했다. 다만 '이상한 이야기'라는 우리 채널에 올릴 시리즈, '렌 르 샤토의 미스터리'에는 기억하기도 어렵고, 발음하기도 까다로운 역사적인 인물들 이름이 꽤 많이 나왔다는 점을 꼭 짚고 넘어가야겠다.

촬영 영상의 배경이 되어 준 코르크판에 붙여 둔 사진과 신문기사들을 떼어 내고 있는데, 토마가 우리에게 말했다.

"이제 사흘이면 편집을 마칠 수 있을 것 같아. 얼른 해야 돼. 구독자들이 계속 성화라니까. 빨리 전부 다 알고 싶대!"

대답을 하려고 했지만 나를 부르는 엄마 목소리가 들려와 말을 삼켰다.

"올리비에, 또 너한테 우편 왔다!"

엄마는 무덤덤한 목소리로 말했다. 딱하게도 우리 엄마는 더 이상 배달부를 달갑게 맞이할 수가 없었다. 일주일에 한두 번씩은 우리 유튜브 채널로 보내는 온갖 소포들이 집으로 배달됐기 때문이다. 우리 채널 구독자는 무려 사십만 명 가까이 되었고, 여러 브랜드에서는 협업을 하려고 앞다퉈 우리를 찾아왔다. 최신 스마트폰부터 영상 장비까지 정말로 모든 것들을, 그리고 아무것이든 다 제안해 왔다. 거절하는 경우까지 합친다면 실제로 들어오는 제안은 훨씬 더 많았다. 이제 막 런칭한 이런저런 작은 브랜드들이 우리에게 입어 달라고 요청한 티셔츠는 몇 장째인지 셀 수도 없었고, 우리 채널 주제와는 딱히 상관이 없는 것 같은 희한한 물건들을 받을 때도 많았다. 꿀, 반려동물 용품, 심지어 한 번은 스키 한 짝이 온 적도 있었다!

솔직히 이야기하자면 초인종이 울릴 때마다 새로운 선물일지도 모른다고 생각하니 조금 신나는 기분이 들었다. 그렇지만 이번에 온 우편에는 이제껏 내가 본 것 가운데 제일 놀라운 미스터리가 담겨 있었다.

나는 우편물을 들고 내 방으로 돌아왔다. 신나는 눈빛을 감추지 못하고 빛내는 두 친구가 있었다. 나는 침대 위에 우편물을 올려 두었다. 아망다는 꼭 가로등 불빛에 나방이 이끌리는 것처럼 내게 다가왔다.

나는 참지 못하고 종이 상자를 뜯어서 안에 들어 있는 물건을 꺼냈다. 신발 상자 정도 되는 크기에 무게가 제법 무거운 철제 상자 같은 게 나왔는데, 옆에는 강철로 된 걸쇠가 걸려 있고 커다란 자물쇠가 달려 있어서 우리가 도저히 열 수 없을 정도였다. 토마가 혹시 있을지도 모르는 열쇠를 찾아서 종이 상자를 뒤적거렸다. 하지만 열쇠 같은 건 찾아내지 못했다. 아망다는 상자 아래쪽을 보려고 고개를 수그렸다.

"저 밑에 글이 붙어 있네."

아망다가 검지로 상자 밑바닥을 가리키며 말했다.

나는 곧바로 상자를 뒤집었다. 심장이 두근거렸다. 하얀 종이 위에 파란색 잉크로 직접 쓴 글이 상자 아래에 스카치테이프로 붙어 있었다. 지금으로서는 이 상황이 하나도 이해가 가지 않았다. 그리고 종이를 따라 쭉 적혀 있는 말들도 이해가 가지 않는 건 마찬가지였다.


나는 노아고,

열세 살이야. 이 모든 걸 알아내려면, 나는

너희들의 도움이 필요하다

고 생각하지 않아. 그렇지만 너희에게 할 말이 있어.

이 상자의 내용물은

별것 아니고, 그렇게

정말 중요해. 그렇지만 내가 이걸

무엇인지 밝힐 수는 없어. 이걸 볼 수도

보관할 수는 없어. 내 주변 사람들이

이걸 볼 수가 없어. 우리 엄마는

이게 존재한다는 걸 알게 돼서는 안 되지

만, 만약 엄마가 이걸 보았다면

그러면 정말로 재앙이 일어날 거야!

만약에 너희가 이걸 보게 된다면, 텔레파시로

연락을 해 줘. 은현

주소를 없애버렸거든.

잉크로 써 둔 주소야.

그리고 나한테 연락을 한 다음에

이 메시지 바로 뒤에

까지 없애 준다면 정말 좋겠어.


이 횡설수설한 말은 대체 뭘까? 한마디 한마디씩 보면 말이 됐지만 모두 합쳐놓고 보면 전혀 일관성이 없었다. 텔레파시라고? 농담도 이런 농담이 없다! 게다가 상자 안에 있는 게 중요하지 않은 물건이라면 대체 왜 우리에게 이걸 보낸 거지? 심지어 상자가 잠겨 내용물을 볼 수도 없는데! 아니, 딱 봐도 전부 아무런 의미 없는 소리였다.

우리 채널이 조금 인기가 있다 보니 욕설이 담긴 편지나 이상한 물건들을 받는 경우도 종종 생겼다. 그렇지만 이번은 다른 경우들과는 달랐다. 모두 심사숙고해서 준비한 것 같았다. 어느 안티팬의 작디작은 머릿속에서 나왔다고 하기에는 생각이 많이 들어간 소포였다.

내가 글을 다시 한 번 읽고 있는데, 토마가 금세 관심을 거두고 삼각대와 그 위에 얹어 둔 카메라 쪽으로 몸을 돌려 장비를 정리하기 시작했다.

"암호를 해독하라며 수수께끼를 보내는 멍청이가 또 있네."

토마가 말했다.

"무슨 소리야, '또'라니? 우리 이런 건 한 번도 받은 적 없잖아."

내가 눈썹을 찌푸리며 말했다.

"아냐. SNS에서 이미 사람들이 이상한 메시지들을 많이 보냈어."

"어, 그래?"

나는 그러고는 아망다를 쳐다봤다.

"너도 받았어?"

아망다가 긴장하는 게 느껴졌다. 얼굴에는 순간 어두운 그림자가 스쳤다.

"음…… 아니."

아망다가 거의 속삭이다시피 대답했다.

철제 상자를 침대 위에 내려놓자 아망다는 글에 시선을 고정한 채 자리에 앉았다. 글을 소리 죽여 읊는 것처럼 입술이 가볍게 움직이는 게 보였다. 아망다는 글을 읽을 때면 항상 이런 행동을 했는데, 정말 귀여웠다.

몰래 엿보던 나를 놀래키려고 한 것마냥 갑자기 아망다가 고개를 돌렸다. 나는 깜짝 놀랐다. 에메랄드색 눈속에는 신나는 빛이 감돌았다.

"이 글을 해독했어!"

# 2장

또 다시 관자놀이로 심장이 쿵쾅거리는 게 느껴졌다. 토마도 아망다의 이 표정을 잘 알고 있었다. 뭔가가 아망다의 마음을 사로잡았을 때 나오는 표정이었다.

우리는 쉽게 부서지는 물건이 깨질까 봐 겁내는 사람들처럼 천천히 아망다에게 다가갔다. 그리고 각자 아망다의 양쪽 옆에 앉아 아망다가 마저 이야기를 꺼내기를 기다렸다.

"작년에 프랑스어 수업할 때 이런 암호를 본 적이 있어. 사실은 엄청 단순한 암호야. 그렇지만 바로 앞에 두고도 몇 시간 내내 아무것도 보이지 않을 수도 있지."

아망다는 상자에 종이를 고정시켜 둔 스카치테이프

를 조심스럽게 떼어내서 우리 눈 가까이로 가져왔다.

"한 줄씩 건너뛰며 읽어야 해."

아망다가 진지한 목소리로 말했다.

토마와 나는 침묵을 지키며 아망다가 알려 준 방법대로 글을 읽었다. 아망다 말이 맞았다. 이제는 모두 말이 됐다.

나는 노아고,

너희들의 도움이 필요해.

이 상자의 내용물은

정말 중요해. 그렇지만 내가 이걸

보관할 수는 없어. 내 주변 사람들이

이게 존재한다는 걸 알게 돼서는 안 돼.

그러면 정말로 재앙이 일어날 거야!

연락을 해 줘. 은현

잉크로 써 둔 주소야.

이 메시지 바로 뒤에

나는 아무 말 없이 토마를, 그리고 아망다를 쳐다

봤다.

"그렇지만 은현 잉크가 무슨 소린지는 모르겠어."

아망다가 적막을 깨며 말했다.

"숨은 메시지가 더 있나 봐."

내가 눈을 동그랗게 뜨며 말했다.

"멋있는 잉크로 썼다는 얘긴가? 감이 안 잡히네."

아망다의 순진한 물음에 토마와 나는 웃음을 터뜨렸다.

토마가 말을 받아 이어갔다.

"은현 잉크는 눈에 안 보이는 잉크야!"

아망다가 가늘고 또렷한 눈썹을 찌푸렸다.

"그래? 그럼 어떻게 해야 메시지를 읽을 수 있는데?"

아망다가 어깨를 으쓱하며 우리에게 물었다.

"종이를 촛불 위에 비춰 봐야 해. 그러면 메시지가 나타날 거야."

내가 대답했다.

아망다가 입을 커다랗게 벌리고 활짝 웃었다.

"얼른 촛불 찾으러 안 가고 뭐 해!"

아망다가 나를 밀치며 외쳤다.

우리는 손님들이 오면 거실에 켜 두는 커다란 향초와 성냥갑을 가지고 방으로 돌아왔다. 나는 이 향초가 집 안에 가득 채워 주는 향기를 정말 좋아했다. 이 향기를 즐길 수 있는 건 왜 손님들뿐인 걸까?

나는 성냥으로 심지에 조심스레 불을 붙였다. 흔들리는 불빛에 종이를 가져다 대기도 전부터 척추를 타고 전율이 흘렀다. 우리 셋은 둥그렇게 둘러앉아 꼭 비밀 모임을 하는 사람들처럼 촛불 위로 고개를 수그렸다. 메시지 아래에 있는 글자가 전부 나타날 때까지 모두 숨을 멈췄다.

스⋯⋯카⋯⋯이⋯⋯프⋯⋯ 그리고 노아라는 사람의 이메일 주소가 있었다. 우리한테 이 소포를 보낸 사람이었다.

글자를 보며 멍하니 굳어 있는데, 종이에 불이 붙었다.

"조심해!"

아망다가 입으로 바람을 불어 불꽃을 끄면서 외쳤다. 불에 탄 종이 조각이 사방으로 흩어지고 빽빽한 하얀

연기가 우리 주위로 퍼졌다. 꼭 우리가 저주에 걸리기라도 한 것 같았다.

"어떡하지?"

토마가 공중으로 팔을 들어 올리며 물었다.

"당장 연락해야지!"

내가 울부짖다시피 대답했다.

우리 마을을 구불구불 누비는 좁은 길 가장자리에 난 나무 뒤편으로 태양이 모습을 감추고 있었다. 태양 빛은 집 외벽에 보라색, 분홍색, 찬란한 노을빛을 비췄다. 내 방은 얼굴을 붉게 물들이는 뜨겁고 미스터리한 빛에 흠뻑 젖어들어 있었다.

우리는 내 노트북에 둘러앉아 메신저 앱 '스카이프'를 실행했다. 나는 촛불의 불꽃이 보여 줬던 이메일 주소를 떨리는 손으로 입력했다. 노아는 누구일까? 조금만 있으면 그 정체를 알 수 있을 것이다. 주소록에 연락처를 등록하자마자 노아의 이름 옆에 조그만 초록색 불빛이 들어왔다. 노아가 메신저에 접속 중이라는 표시였다.

나는 심호흡을 하고 전화를 걸었다. 바로 그 '노아'가 전화를 받기를 안절부절못하며 기다리는 동안 감미로운 멜로디가 고요한 방 안을 채웠다. 나는 아망다를 쳐다봤다. 걱정스러운 내 눈빛에 아망다는 환한 미소로 대답을 대신했다.

갑자기 음악이 끊기고 검은 화면이 곧 한 명의 얼굴로 바뀌었다. 동그란 하얀색 철제 테가 있는 안경을 쓴 우리 또래 남자아이였다.

"네가 노아니?"

내가 떨리는 목소리로 입을 뗐다.

남자아이는 당황한 것 같아 보였다. 그리고 고개를 여러 번 열심히 왼쪽으로 돌려 주위를 살폈다. 누가 염탐하고 있을까 봐 겁을 먹은 모양새였다. 그러고는 화면으로 다가와 조그만 목소리로 대답했다.

"맞아, 내가 노아야."

아망다, 토마 그리고 나는 동시에 미소를 지었다. 우리랑 비슷한 나이대의 남자아이를 상대하게 돼서 내 친구들도 나처럼 안심이 되었던 게 아닐까 싶다. 만약에

17

상대가 어른이었다면 어떻게 해야 했을지 정말로 짐작조차 가지 않았다. 더군다나 이 다음에 어떤 일이 일어날지 전혀 모르는 상태였다. 그렇지만 난 노아를 믿어도 된다고 확신했다. 우리는 용기 있게 이 노아라는 아이를 믿어 줘야 했다.

노아는 우리 얼굴을 뚫어져라 쳐다봤다. 정말로 우리가 맞는지 확인이라도 하는 것 같았다. 그러고는 씩 웃음을 지었다.

"너희가 내 수수께끼를 해독해 줘서 기뻐. 그 수수께끼를 풀 수 있다는 사실 자체가 바로 이제부터 내가 너희에게 알려 줄 문제를 해결할 수 있다는 증거라고 생각하거든."

우리 모두 눈썹을 찌푸리고는 노아가 계속 말을 이어 가기를 잠자코 기다렸다.

"내가 보낸 상자 속에 뭐가 들어 있는지 설명해 줄게. 오늘 저녁에 우편으로 보낼 열쇠를 사용하면 그 상자를 열 수 있을 거야."

"이 주소는 어떻게 알아냈어?"

아망다가 노아의 말을 끊었다.

"올리비에 르루아네 주소가 너희 유튜브 채널 정보란에 쓰여 있었어."

아망다가 나를 팔꿈치로 살짝 쿡 찌르고는 속삭이며 말했다.

"채널에 개인정보는 아무것도 올리지 말라고 내가 말했잖아!"

아망다는 무척 화가 나 보였다. 그렇지만 난 이렇게 대답했다.

"그건 어디까지나 내 주소야. 그리고 너도 선물 받고 좋아하지 않았어? 네 새 휴대폰이 어쩌다 생긴 거였더라?"

토마가 우리를 말리며 고함을 쳤다.

"야! 너희끼리 치고받을 때가 아니야. 노아가 우리한테 할 말이 있대."

화면 저편에 있는 남자아이는 또 한 번 왼쪽을 슬쩍 보고는 다시 말을 이어갔다.

"내가 자물쇠를 열 수 있는 열쇠를 보내겠다는 이야기까지 했지? 그러면 그 상자 안에 들어 있는 게 뭔지 알 수 있을 텐데, 그것에 대해 아무한테도 이야기해서는 안 돼. 진심으로 부탁하는 거야. 너희는 비밀을 지켜 줘야 되고, 이 이야기는 나하고만 해야 돼. 너희 채널을 처음부터 봤는데, 왠지는 모르겠지만 너희는 믿을 수 있는 사람들이라는 생각이 들었어. 나이도 비슷하고…… 내가 너희한테 맡긴 건 나한테 가장 소중한 거야. 너희가 열쇠를 받으면…….”

갑자기 노아 쪽에서 문이 덜컥 하고 열리는 소리가 들렸다. 노아는 왼쪽으로 고개를 돌리고는 소스라치게 놀라면서 숨을 멈췄다. 그리고 눈 깜짝할 사이에 컴퓨터로 손을 뻗어서 접속을 끊어 버렸다.

검은 화면에는 소금으로 만든 조각상이라도 된 양 어리둥절한 표정으로 굳어 있는 우리 세 명의 얼굴이 비쳤다.

# 3장

—

우리는 노아와 나눴던 대화 이야기를 하면서 이틀을 보냈다. 나는 노트북을 사용할 때마다 메신저를 켜 두고 혹시 노아가 다시 접속하지는 않을까 끊임없이 확인했다. 그렇지만 노아의 이름 옆에는 회색 점과 함께 '오프라인'이라는 상태 메시지만 떠 있을 뿐이었다. 우리는 자물쇠를 풀어 보려고 철제 상자를 샅샅이 훑어봤지만 아무런 소득도 없었다. 아망다는 노아라는(또는 그와 비슷한) 닉네임을 쓰고 우리 영상에 댓글을 남긴 적이 있는 사람 세 명을 찾아냈다. 그렇지만 이번에도 역시 허탕을 쳤다. 우리는 경찰에게 연락을 할 건지 수도 없이 논쟁을 벌였지만 노아는 이 모든 일을 아무에게도 이야기하면 안 된다고 분명하게 이야기했다. 누군가에게 이야기를 하면 노아가 위험해질 수도 있었지만 만약에 정말로 위험한 상태라면 경찰에게 알려야 하지 않을까? 정말 머리가 아팠다.

그렇지만 노아와 이상한 대화를 나누고 이틀 뒤, 드디어 열쇠가 담긴 봉투를 우편으로 받았다. 노아가 이야기했던 게 바로 이거였다는 건 의심할 필요도 없었다. 신이 나서 짜릿한 전율이 흘렀다.

곧바로 두 친구에게 연락해 이 소식을 알렸다. 앞집에 사는 아망다가 먼저 도착했고, 잠시 후 집에서 자전거를 타고 온 토마가 도착했다.

우리는 위층 내 방으로 곧장 올라갔다. 그 기묘한 상자가 우리 앞에 있었고 내 손에는 열쇠가 들려 있었다. 이 철제 상자가 감추고 있는 미스터리를 밝혀 줄 열쇠였다.

나는 조심스럽게 상자 쪽으로 몸을 굽혀 왼손으로 상자를 움켜쥐고는 열쇠를 느릿느릿 집어넣었다. 열쇠를 돌리니 조용히 찰칵이는 소리가 나면서 자물쇠가 풀렸다. 가슴이 거꾸로 뒤집히고 마치 시간이 멈춘 것 같았다.

"열어!"

아망다가 더 이상 참지 못하고 외쳤다.

토마와 아망다가 내 쪽으로 다가왔다. 묵직한 공기가 느껴졌다. 나는 우리 모두 상자 주위를 둘러설 때까지 기다렸다가 뚜껑을 열어젖혔다.

상자 안에는 손으로 제본한 원고 모음집 같은 게 들어 있었다. 표지는 가죽으로 만들어졌는데, 오래된 것처럼 보이게 꾸며 둔 것 같았다. 그래서 겉보기에는 오래된 책처럼 보였지만 안을 펼쳐보면 최신 스타일의 공책이란 걸 알 수 있었다. 나는 상자 안으로 손을 넣어 그 물건을 꺼내 모두가 볼 수 있게 조심스레 책상 위에 올려놓았다.

아망다와 토마는 난감한 표정을 지었다. 표지 너머에 무엇이 숨어 있는지 보여 주기를 기다리는 눈치였다. 휘둥그레한 눈으로 나를 지켜보며 잠자코 기다렸다.

이 책에는 제목이 없었다. 처음 두 페이지는 백지였는데, 혹시 노아의 편지를 비춰 봤던 것처럼 이 페이지들도 불빛 위로 가져가 봐야 하는 걸까 하는 의문이 들었다.

첫 번째 장을 살펴보니 글귀가 있었다. 딱 보기에도 우리가 풀어야 할 수수께끼였다.

너희가 나를 찾는다면 아침이 끝날 때나 밤이 시작할 때, 그렇지만 일 년에 딱 두 번만 찾게 될 것이다. 내 자매들 가운데 나는 열네 번째고, 자매들에게 알맞은 방향을 알려 준다.

우리는 단 몇 줄로 쓰인 글 앞에서 아무 말도 할 수 없었다. 뜻을 전혀 파악할 수가 없었다. 아망다는 늘 그랬던 것처럼 입술을 알 듯 말 듯하게 달싹이며 글을 다시 읽었다.

토마가 입을 열었다.

"그래, 좋아. 보아하니 새로운 수수께끼네. 뒤에는 뭐라고 쓰여 있어?"

토마는 페이지를 넘겨 달라고 부탁했다. 이어지는 내용은 훨씬 더 아리송했다. 알파벳 하나와 숫자 두 개가 함께 있는 단순한 그림이었다.

　아망다가 고개를 홱 젓고는 뭐라도 더 발견할 수 있을까 싶었는지 책을 더 가까이서 이리저리 뜯어 봤다.

　아망다가 다시 몸을 일으키며 말했다.

　"이게 우리가 풀어야 할 수수께끼인 건 좋지만, 우리가 찾아야 하는 게 뭔지 모른다면 복잡해질 것 같은데!"

　토마가 말을 받았다.

　"아망다 말이 맞아. 실마리가 없잖아. 아무것도."

　내가 끼어들었다.

　"잠깐만, 일단 책을 끝까지 한번 살펴보자. 그러고 나면 어떻게 진전시킬 수 있을지 알게 될 지도 몰라."

아망다와 나는 각자 의자를 가져왔고, 토마는 내가 잘 때 머리맡에 두고 탁자처럼 쓰는 의자를 끌고 와 앉았다. 우린 스탠드를 집어서 책 가까이로 가져다 댔다. 스탠드가 비추는 둥근 빛이 주위를 감싸며 미스터리한 분위기를 자아냈다. 우리가 전설 속의 보물을 찾아 오래된 문서를 해독하는 세 명의 고고학자같다는 생각이 들었다.

우리는 거의 한 시간 동안 책을 뒤적거렸다. 책에는 수수께끼 말고는 다른 내용은 들어 있지 않았다. 미스터리한 글과 숫자, 그림, 이상한 기호만이 뒤섞여 있었다. 딱 봤을 때 일관성이 있고 이해할 수 있는 내용은 책 한가운데쯤에 있는 '두 번째 부분'뿐이었다. 이 모든 내용이 과연 어떤 뜻일지는 아직 아무도 감을 잡지 못했다.

아무것도 이해할 수가 없었던 나머지 정신이 멍해지기 시작했다. 노아를 다시 떠올리자 가슴팍이 따끔거렸다. 노아에게서는 여전히 아무 소식이 없어 걱정도 됐다. 나는 친구들과 이 이야기를 나눠야겠다고 마음먹었다. 아무런 행동도 하지 않고 또 하루를 흘려보낼 수는 없었다.

"그래, 이건 뭐 그렇다고 치고, 노아 문제는 어떻게 할 거야?"

내가 조금은 갑작스럽게 책을 덮으며 말했다.

아망다가 내 갑작스러운 행동에 소스라치게 놀랐고, 토마는 날 보는 대신 내 노트북 화면으로 시선을 돌렸다.

"저기, 호랑이도 제 말하면 온다더니……."

토마가 이제 막 초록색으로 켜진 메신저 온라인 접속 표시를 가리키며 입을 열었다.

그리고 곧 메신저 앱에서 익숙한 멜로디가 울렸다. 심장이 빠르게 뛰었다. 노아가 우리에게 연락을 하고 있었다.

# 4장

—

"노아, 너 괜찮아?"

내가 말했다. 목소리가 살짝 흔들렸다.

나는 이 남자아이를 잘 모르지만 이 아이의 깊은 눈빛을 보면 복잡한 사정이 느껴졌다. 물론 내가 착각한 것일지도 모르지만 이렇게 서글픈 잔잔한 빛은 아망다의 눈에서도 본 적이 있었다. 작년에 아망다네 부모님이 이혼을 했을 때였다. 나는 우리 손에 있는 책이 노아와 노아의 이야기와 관련이 있을 거라는 확신이 들었다.

노아가 부드럽게 대답했다.

"그럼, 그럼. 더 일찍 연락 못해서 미안해. 그렇지만 여기서는 조용한 때를 찾기가 쉽지 않아. 너희가 확실하게 열쇠를 받고 이야기를 나눴으면 해서 일부러 이틀을 흘려보냈어. 열쇠 받았니?"

내가 재깍 대답했다.

"그럼! 상자도 열어서 책도 발견했는걸."

노아가 잠시 말을 멈췄다. 화질이 좋지는 않았지만 노아의 눈이 살짝 촉촉해지는 것 같았다. 노아가 목을 가다듬고는 말을 이어갔다.

"시간이 많지는 않지만, 너희에게 설명을 해 줘야겠지……. 몇 달 전에 우리 아빠가 세상을 떠났어. 내 삶도, 우리 엄마의 삶도 크게 뒤바뀌었지. 우리 엄마는 레위니옹 출신이라 여기 파리에서 아는 유일한 가족은 고모뿐이야. 우리 아빠의 누나야. 우리는 원래 살던 아파트에서 나와야 했고 그 뒤로는 고모 댁에서 묵고 있어. 그런데 우리가 아파트를 나오기 전에 고모가 집 안 이곳저곳을 전부 뒤졌어. 특히 우리 아빠 방을 말이야. 그리고 아무것도 못 찾았는지 고모는 정말로 화가 나 보였어."

노아가 또 다시 말을 멈췄다. 우리 세 명은 화면에 시선을 고정했고, 아무 말 없이 노아가 자기 이야기를 마저 들려주기를 신중하게 기다렸다.

"우리 아빠는 보물 찾기를 발명했어. 그게 아빠 일이었거든. 수수께끼, 암호화 장치, 암호 해독이라면 사족을 못 썼어. 그게 아빠 삶의 전부였어. 아빠는 자신이 좋아하는 수수께끼를 항상 내게 가르쳤지만 솔직히 이야기하자면 그다지 내 취향은 아니어서 말이야. 잘은 모르겠지만 내가 아빠랑 똑같아야 하는 건 아니잖아. 어쩌면 나는 우리 엄마의 창의력을 물려받았는지도 모르지. 아무튼 우리 고모가 찾던 건 내가 먼저 찾아냈어. 그게바로 내가 너희에게 보낸 책이야. 우리 아빠 방에 있던비밀 보관함 안에 숨겨져 있었어. 나는 어렵지 않게 찾을 수 있었지. 언젠가 와이파이 비밀번호를 알아내려고몰래 살펴보다가 아빠가 그 책을 거기 넣는 모습을 봤거든."

"네 고모가 찾던 게 정말로 이거라고 확신해?"

토마가 대뜸 물어보았다.

"응, 고모가 우리 엄마랑 문서에 대해 이야기를 나누는 걸 들었거든. 내 생각엔 말이지…… 아냐, 확실해. 고모는 결국은 그 보물 찾기로 얻어 낼 막대한 상금에 손을 뻗으려는 걸 거야. 아빠가 마지막으로 발명했던 보물 찾기거든. 큰돈이 걸린 문제 같아. 그리고 나는 그 돈이 절대로 고모에게 가서는 안 된다고 생각해. 레위니옹에 있는 가족들과 함께 그곳에 정착하려면 우리 엄마랑 나는 그 돈이 필요해."

아망다가 부드러운 목소리로 말했다.

"어쩌면 고모가 그 보물을 찾아서 너랑 엄마를 돕는 데 쓰려는 건지도 모르잖아. 너희 가족이 지낼 곳을 내어 주고 있다면 그게 너희 편이라는 뜻 같은데."

"무슨 소리야! 고모가 우리를 불편히 여기는 게 훤히 보이는데. 고모는 우리를 최대한 빨리 내보내고 싶어해. 그리고 고모는 진짜로 이상해. 이 보물 이야기에 집착하는 느낌이야. 있지, 슬픈 일이긴 하지만 사람이 세상을 떠나면 이런 일이 흔하대. 항상 남아 있는 사람들 사이에서 유산 문제가 생긴다더라."

노아가 해 준 이야기를 들으니 나도 비슷한 이야기가 떠올랐다. 우리 할아버지가 돌아가셨을 때, 할아버지의 자식 몇몇이 도저히 상상도 할 수 없는 행동을 했다고 한다. 그 사람들은 접시를 누가 가져갈 건지, 심지어는 전혀 값이 나가지도 않는 가구를 누가 가져갈 건지를 두고 거의 치고받고 싸울 뻔했다고 엄마가 이야기해 줬다. 노아가 한 말이 맞다면 노아의 아빠가 숨긴 돈이 어딘가에 잠들어 있다는 생각에 고모가 완전히 돌변했을 거라고 어렵지 않게 상상해 볼 수 있었다.

"왜 이런 이야기를 우리한테 털어놓는 거야?"

내가 팔을 들어 올리며 물었다.

"이미 이야기했지만 나는 너희 채널의 엄청난 팬이거든. 너희는 믿을 만하다고 생각해. 내가 잘못 판단한 게 아니라면 좋겠어. 아무튼 올리비에, 너희 채널 정보에서 네 주소를 보고는 나는 더 생각해 보지도 않고 너희한테 소포를 보냈어. 내가 그걸 보관하고 있기엔 너무 위험했거든. 그리고 솔직히 이야기하자면 그 책이 너희 곁에 잘 있다니까 안심이 돼. 우리 아빠 공책에 있던 수수께끼 가운데 하나를 골라서 시험처럼 테스트해 봤어. 그리고 내 판단이 맞았지. 너희가 나를 잘 찾았으니까. 너희가 이 임무를 맡을 만한 자격이 있다는 뜻이잖아!"

"우리가 어떻게 하기를 기대하는 거야?"

내가 다시 말을 꺼냈다.

"내가 보낸 책을 따라가다 보면 보물이 나올 거야. 확실해. 너희가 수수께끼를 모두 해독하면 엄마랑 나는 우리 몫을 찾을 수 있을 거고, 다른 가족들과 다시 만날 수 있을 거야. 이번 일은 그 어떤 어른도 믿을 수가 없어. 너희라면 성공할 거라고 믿어. 나는 너희 영상을 모두 다 봤어. 너희는 말도 못하게 어려운 수수께끼도 다 풀어냈잖아!"

우리는 모두 칭찬 때문에 어쩔 줄 몰랐다. 동시에 미소를 지었다. 나는 손을 뻗어 종이와 펜을 챙기고는 이렇게 물었다.

"이 책에 관해서 네가 우리한테 알려 줄 수 있는 정보가 있어? 솔직히 이야기해서 너무 복잡해 보이거든. 특히 우리가 찾는 게 뭔지 전혀 모르니까 말이야. 앞으로 나아가게 해 줄 만한 단서를 조금이라도 가지고 있다면 지금 우리한테 알려 줘."

나는 펜 끝을 종이에 대고 적을 준비를 하면서 노아가 내 질문에 대답해 주기를 기다렸다.

"내가 알고 있는 건 너희가 보물을 찾아낼 수 있다는 것뿐이야! 이건 너희가 제일 잘하는 일 아니야?"

# 5장

—

단두대의 칼날이 떨어지듯 순식간에 밤이 찾아왔다. 토마네 집에선 이제 그만 집에 들어오라고 연락이 왔다. 아망다네 엄마는 길을 건너와서 일 층에서 우리 엄마랑 이야기를 나누고 있었다. 우리는 책 속 페이지를 각자 사진으로 찍었다. 그리고 저녁을 먹은 다음 첫 번째 수수께끼부터 도전해 보기로 약속하며 헤어졌다.

첫 페이지에 나와 있는 몇몇 구절이 머릿속에서 맴돌 았지만 아무것도 떠오르지 않았다. 우리가 먼저 찾아내야 하는 것이 무엇인지 노아가 실마리를 던져 줄 수가 없었으니 더더욱 그랬다. 그래, 보물이라는 건 알겠지만 도대체 어떻게 해야 하는 걸까?

찾아낼 결과물의 특징을 알기만 한다면 모든 수수께끼는 해독할 수 있다. 예를 들어서 내가 친구들에게 연속된 숫자를 쭉 보여 주고 여기서 무엇이 빠졌냐고 묻는다면 친구들은 뭘 찾아내야 하는지 알 수 있을 거다. 바로 숫자를 찾아내는 것이다. 이런 작은 정보가 별로 중요하지 않다고 느낄 수도 있지만 아주 중요한 사항이다. 결과물의 특징을 알고 있어야만 우리 뇌는 작동하고 주어진 메시지 속에서 원리를 찾아내려고 하기 때문이다. 하지만 지금은 찾아내야 하는 게 무엇인지조차 몰랐다. 마을 이름인지 숫자인지 나라인지 책 이름인지, 전혀 알 수가 없었다!

너희가 나를 찾는다면 아침이 끝날 때나 밤이 시작할 때, 그렇지만 일 년에 딱 두 번만 찾게 될 것이다. 내 자매들 가운데 나는 열네 번째고, 자매들에게 알맞은 방향을 알려 준다.

이 글을 읽으면서 아침이 끝나갈 때나 어스름이 내릴 때 집에서 나오는 동물에 어떤 종류가 있는지까지 생각이 미쳤지만 아무것도 찾아내지는 못했다. 어쩌면 식물 이야기일 수도 있지 않을까? 나는 스마트폰을 집어 들고 화면을 한참 들여다봤다. 토마에게 메시지를 보내고 싶어 죽을 지경이었지만 엄마가 숙제에 관해 내게 자주 하던 말을 다시금 떠올렸다.

"질문이 생길 때마다 스스로 생각해 보지도 않고 인터넷을 찾아볼 거라면 너 대신 인터넷에게 학교에 가 달라고 해라!"

그 순간 인터넷이 대신 공부를 해 준다면 내 삶이 어떨지 조금 상상해 봤다. 나는 미소를 지었다가 금세 공허한 기분이 들었다. 슬픔이 내 안으로 미끄러져 들어왔다. 학교에 가지 않는다면 그건 더 이상 매일 친구들을 만나지 못한다는 뜻이다. 하루 종일 아무것도 안 하고 집에 혼자 있는 걸 떠올리기만 했는데도 충격적인 기분이 들어서 고개를 저었다. 인터넷이 나 대신 학생 노릇을 하는 일은 아직 마음의 준비가 되지 않았다. 그렇다 한들 우리 엄마가 내게 전하려던 메시지는 달라지지 않았다. 나는 엄마가 내게 하려던 말을 잘 이해했다. 쉽게 얻었다가 일 초만 지나면 잊어버릴 답을 서둘러서 찾아

보기 전에 기억력을 최대한 발휘해 보라는 뜻이다.

나는 휴대폰을 다시 내려놓고 책상 위에 팔꿈치를 올려 손으로 머리를 감싸 쥐었다. 펼쳐진 책장에 한참을 눈길을 고정하고 있으니 단어들이 내 눈앞에서 춤을 추는 것 같았다. 단어들은 뒤섞이고 교차하고 그러고는 다시 원래 자리로 돌아갔다. 머릿속에서 무언가가 떠오를락 말락 했지만 아직 알 수 없었다.

이번에는 수수께끼의 두 번째 문장에 집중해 봤다. 내 자매들 가운데 나는 열네 번째고, 자매들에게 알맞은 방향을 알려 준다…….

자매soeur들이라고? 꽃fleur이 확실히 맞는 것 같았다. 방향을 알려 주는 꽃이 뭐지? 해바라기잖아! 나는 대회에서 우승이라도 한 것처럼 팔을 공중으로 치켜들면서 놀라서 의자에서 벌떡 일어났다. 아침, 밤……. 목표물에 가까워지는 기분이었다. 뭐니 뭐니 해도 해바라기는 태양과 빛과 직접 연관이 있었으니까.

나는 얼른 이 소식을 휴대폰으로 아망다와 토마에게 전했다. 그렇지만 둘 중 누구도 납득하지 않는 것 같았다. 아망다는 말이 들어맞지 않는다고 했다. 맞는 말이었다. 아망다는 수수께끼의 답이라면 원천에서 흘러 나와서 퍼즐 조각처럼 딱 들어맞아야 하는데 지금은 딱히 그렇지 않다고 대답했다. 나는 해바라기를 수수께끼에다 끼워 맞추려고 했는데, 원래는 그 반대가 되어야 한다는 이야기였다.

머릿속에서 해바라기를 치워 버리고 다시 처음부터 시작하기로 했다. 머리를 손으로 감싸 쥐고, 손가락으로 관자놀이를 가볍게 눌렀다. 또 한 번 단어들이 눈앞에서 빙글빙글 맴돌았다. 글자들이 서로 자리를 바꾸며 여러 단어를 만들어 냈다. 어떤 것들은 말이 안 되고, 어떤 것들은 말이 되기도 했다.

그렇게 긴 시간이 흘렀다. 갑자기 눈앞에 그 글자가 떠올랐다. 언뜻 보면 별것 아니었지만 이 모든 것들을 설명해 주는 말이었다. 내 직감을 마지막으로 한번 확인해 봤다. 마침내 이 모든 게 말이 됐다. 아망다가 이야기한 것처럼 수수께끼에 답이 퍼즐 조각마냥 들어맞았다. 답은 바로 글자 N이었다! 아침matin이라는 말의 끝과 밤nuit이라는 말의 시작 부분에 있는 글자이자 알파벳의 열네 번째 글자였고, 방향을 알려 주는 글자기도 했다.

나침반에서 북쪽을 가리키는 글자 N 말이다!

두 친구에게 다시 메시지를 보내니 이번에는 아까와 전혀 다른 반응이 나왔다. 뒤이어 잠시 잠잠한 순간이 이어졌다. 아망다와 토마가 수수께끼 속 구절을 내가 보낸 답과 맞춰 보고 있는 게 상상됐다. 그리고 얼마 지나지 않아 이 첫 번째 문제를 해독해 낸 걸 축하한다면서 둘이 거의 동시에 답장을 보냈다.

곧바로 휴대폰이 나무로 된 책상을 요란하게 뒤흔들었다. 아망다였다. 아망다의 이름이 휴대폰 화면에 뜰 때마다 심장이 살짝 따끔거렸다.

"여보세요?"

내가 전화를 받았다.

"문자 보내려고 했는데, 전화를 하는 편이 더 빠를 것 같아서. 나는 첫 번째 수수께끼는 전혀 감이 안 와서 곧바로 두 번째로 넘어갔거든. 알 수 없는 문장보다는 그림 때문에 골머리를 앓는 게 더 나으니까."

"뭔가 찾아낸 거야?"

내가 잔뜩 신이 나서 물었다.

"그럴지도 모르겠어. 너는 그림에서 뭐 좀 보여?"

나는 페이지를 넘기고 그림을 샅샅이 살펴봤다. 아망다가 나를 볼 수 있는 건 아니었지만 나는 잠시 눈을 찌푸려 보다가 대답했다.

"이건 생긴 게 마치……."

아망다가 내 말을 끊었다.

"온도계야! 숫자랑 눈금이 그냥 우연히 있는 건 아닌 것 같아."

"F라는 글자는 어떻게 생각해?"

아망다는 잠시 말을 멈췄다가 다시 이어갔다.

"지금은 아무것도 모르겠어. 그렇지만 네가 첫 번째 수수께끼의 답으로 N을 찾아냈으니까 두 글자를 합치면 어떻게 되는지 확인해 봐야겠어."

나는 정수리를 긁적이고는 물었다.

"좋아. 눈금에는 뭐라고 나와 있어?"

"숫자가 있어. 118.4야."

⚜

이튿날 학교 운동장은 여느 때처럼 흥분이 가득했다. 멀

40

리 저편에서는 축구팀이 둘로 나뉘어서 응원단의 함성 소리를 들으며 맞붙었다. 학교 건물 뒤편에 있는 조그만 잔디밭에는 여자아이들과 남자아이들이 동그랗게 둘러앉아 이야기를 나누고 있었다. 아망다, 토마와 함께 나는 렌 르 샤토의 미스터리에 관해 우리가 가장 최근에 올린 영상 편집본을 살펴보고 있었다. 지난번 떠났던 수학여행에서 우리는 한 수상한 마을을 방문하고, 그 마을을 둘러싸고 있던 수많은 전설들을 아주 가까이서 만나볼 수가 있었다. 우리는 그 이야기를 유튜브 채널에 올리기로 했는데, 이야기할 거리가 정말 많아서 시리즈로 만들었다. 하루가 멀다 하고 점점 늘어가는 우리 구독자들이 새로운 에피소드를 무척 기대하고 있었다.

토마가 우리에게 알려 줬다.

"오늘 아침에 올린 영상이야. 버스 타기 전에 딱 업로드할 시간이 났거든."

아망다가 궁금해 하며 토마의 휴대폰을 집어 들고 우리 채널에 접속했다.

"우아! 조회수 봤어?"

큰 눈을 휘둥그레 뜨며 아망다가 물었다.

토마가 말했다.

"그럼. 우리가 이제까지 올린 영상 중에 제일 인기가 많은 것 같아."

내가 소리쳤다.

"댓글 좀 봐! 이렇게 많은 적은 처음이야!"

"이건 나중에 마저 살펴보자. 책 이야기를 해야지."

휴대폰 화면에 정신이 팔려 넋이 나간 것 같은 아망다를 바라보며 토마가 말했다.

나도 어깨를 으쓱하면서 말했다.

"밤새 곰곰이 생각했어. 뇌가 과열됐다니까."

"나는 여기 눈금에 있는 숫자 말고는 더 찾아낸 건 없어. 그 뒤에 있는 수수께끼를 살펴봤는데, 아무것도 모르겠어."

아망다의 말에 토마가 눈썹을 찌푸리며 대답했다.

"눈금에 있는 숫자라고? 나한테 말 안 했잖아! 너는 알고 있었어, 올리?"

나는 어색하게 미소를 지었다. 토마가 말을 마저 이어갔다.

"그래서 그 숫자가 뭔데?"

"118.4야."

아망다가 또박또박 힘줘서 말했다.

"이건 딱 봐도 온도계니까, 그렇다면 118.4도라는 건데……."

토마가 턱을 긁적이며 덧붙였다.

"아! 네 생각에도 이게 온도계 맞지?"

아망다가 눈빛을 반짝이며 외쳤다.

"그야 당연하지, 딱 봐도 빤한걸!"

"그러면 이 F는 대체 뭐지?"

내가 조금은 무덤덤하게 물었다.

"화씨라는 걸 알려 주는 말이야. 화씨 118.4도."

토마가 대답했다.

"뭐라고?"

아망다와 내가 동시에 물었다.

"미국인들이 쓰는 온도의 척도야. 우리는 섭씨를 쓰고, 거기서는 화씨를 써."

"왜 다른 시스템을 사용하는 거야? 이상하잖아."

아망다가 끼어들었다.

나는 미국에서는 거리를 측정하는 시스템도 우리와

다르다고 덧붙이려고 했지만 더는 아무도 내 이야기를 듣지 않았다. 토마는 재빠르게 스마트폰 화면을 터치했고, 아망다는 토마가 동물원에 있는 흥미로운 동물이라도 되는 것처럼 그 모습을 지켜봤다. 그러다 갑자기 토마가 득의양양하게 고개를 들었다.

"화씨 118.4도는 섭씨 48도야!"

"딱히 쓸모는 없잖아. 그러면 뭐가 달라지는데?"

내가 말했다.

"상황이 완전히 달라지지! 이렇게 딱 떨어지는 숫자가 나온 건 우연은 아니라고 봐. 내 생각에는 이쪽을 더 파고 들어가 봐야 할 것 같아."

토마가 조금 전 했던 말에 마침표를 찍었다. 초자연적인 힘이 우리 대화를 쭉 듣고 있기라도 했던 것처럼 그 순간 학교 전체에 종소리가 울려 퍼졌다.

# 6장

—

아망다는 학교가 끝나고 우리 집으로 왔다. 몇 달 전부터 나는 매주 금요일마다 아망다의 수학 숙제를 도와줬는데, 시간이 흐를수록 우린 이걸 핑계 삼아서 채널에 올릴 영상을 작업하게 됐다. 아망다의 수학 점수가 충분히 괜찮은 수준이었기 때문에 부모님들은 어느 정도 이해해 주는 눈치였다.

꽤나 애를 먹던 지리 숙제를 막 끝내고 아망다가 물었다.

"레위니옹은 어디에 있어?"

"뭐라고?"

"노아가 자기 가족이 레위니옹 출신이라고 그랬잖아.

정확히 어디 있는 건지 알고 싶었어.”

나는 생각에 빠지며 머리칼을 손으로 긁었다. 내가 대답이 없자 아망다는 답답하다는 듯이 얼굴을 살짝 찌푸렸다.

“어디 있는지도 모른다는 건 이상하잖아. 아무튼 같은 프랑스에 있는 건데!”

내가 얼굴을 찡그리며 대답했다.

“맞아. 조금 부끄러운 일이지. 그런데 말이야, 너는 샤토루가 어디 있는지는 알아?”

“음…… 아니, 그런데 그게 무슨 상관인데?”

“뭐, 거기도 프랑스에 있는 지역인데, 너도 그렇고 나도 그렇고 거기가 어딘지 지도에서 못 찾잖아.”

아망다가 씩 웃었다. 나는 노트북을 집어 들었다.

“자, 한번 같이 찾아보자. 오늘 아침에 눈 떴을 때보다는 덜 바보가 되어서 잠에 들어야지.”

내가 자신만만해하며 말했다.

프랑스에 관해서 조금 더 알아보자고 마음을 먹고 인터넷 검색 엔진에서 위치 추적 앱을 실행했다. 그리고 검색창에 ‘레위니옹’을 입력했다.

우리 눈앞에 이미지들이 펼쳐지다가 화면 한가운데에 있는 섬에 화면이 멈췄다. 레위니옹은 아프리카 대륙 동쪽, 모리셔스섬 바로 아래에 있는 섬이었다. 크기는 마다가스카르 정도였다. 프랑스에서 수천 킬로미터나 떨어져 있는 바다에 둘러싸인 조그만 땅이 프랑스의 일부라니, 아무튼 마음이 끌렸다. 청록색 바다가 보이는 해변, 무성한 정글, 폭풍우가 강타하는 산 같은 이국적인 이미지가 머릿속에 가득 찼다.

우리는 사이트에 나오는 레위니옹섬 사진들을 정신없이 클릭했다. 그리고 아무 말 없이 아름다운 풍경과 선명한 색깔을 감상했다.

갑자기 무언가가 눈길을 끌었다. 웹페이지 아래쪽 구석에는 무슨 소리인지 잘 모르겠는 기술적인 정보들이 잔뜩 나와 있었다. 그 내용을 보니 무언가가 떠올랐다.

"이것 봐!"

아망다가 검지로 화면을 가리키며 말했다.

"뭐가? 위도랑 경도 말이야?"

"남위 21도, 동경 55도……."

아망다가 눈을 크게 뜨며 내 쪽으로 얼굴을 돌렸다.

"토마가 찾은 48도랑 관련이 있는 것 같지 않아?"

흥분감이 온몸에 퍼져 나가는 게 느껴졌다. 심장은 요동쳤고, 얼굴에는 피가 쏠려서 아망다가 나를 칭찬할 때처럼 볼이 빨개졌다.

"레위니옹 섬의 GPS 좌표야. 혹시 문서에 있는 수수께끼를 해독해서 찾아야 하는 게 이거였을까?"

"좌표 말이야?"

"맞아! 우리를 어떤 장소로, 어쩌면 보물이 있는 장소로 데려가줄 좌표 말이야. 봐, 첫 줄에 가능성이 있는 두 글자가 나와 있어. 북쪽을 뜻하는 N 아니면 남쪽을 뜻하는 S야. 첫 번째 수수께끼의 답이 N이었잖아. 이건 그저 우연은 아닐 거야!"

나는 급하게 수수께끼 책을 찾아 우리 둘 사이에 펼쳐 두었다. 그리고 맨 첫 장으로 미친 듯이 책장을 넘겼다.

"우리가 찾아야 하는 게 GPS 좌표라고 가정해 보자."

나는 잔뜩 신이 나서 말을 이어갔다.

"그렇다고 가정해 보자."

아망다가 내게 윙크를 보내며 나를 따라 말했다.

"N과 48도는 이미 알고 있어. 만약 이게 GPS 좌표라면 GPS 좌표는 도(°), 분('), 초(") 단위로 구성되어 있으니까 다음에 찾아내야 하는 답은 분에 해당하는 숫자고, 또 그 다음에는 초에 해당하는 숫자일 거야. 세 번째 수수께끼가 뭘 닮았는지 알겠어?"

"시계 모양이야!"

내가 페이지를 넘기자 아망다가 외쳤다.

우리 둘 다 동시에 책 위로 몸을 수그렸다. 머리가 서로 닿는 바람에 목덜미에 가벼운 전율이 흘렀다. 우리는 오랫동안 그림을 이리저리 뜯어봤다.

"분침이 가리키는 게 뭐지?"

종이가 뚫어져라 쳐다보던 아망다에게 내가 물었다.

"로마 숫자 같은데……. LⅡ라."

"L은 50이라는 뜻이야. 그러니까 LⅡ이면 52분이지."

"그러면 나머지 하나는?"

아망다는 여러 번 다시 읽어보고는 대답했다.

"XXXVI.CCCLXXⅢ."

"좋아. 36.373초네."

아망다가 고개를 들며 말했다.

"너는 로마 숫자를 정말 잘 아는구나. 네가 렌 르 샤토에서 풀었던 수수께끼가 생각나!"

잊을 수 없는 수학여행의 추억을 떠올리자 흡족한 기분이 파도처럼 밀려와 나도 모르게 그만 바보 같은 웃음을 지었다.

"그래, 좋아. 우리는 GPS 좌표를 손에 넣은 거야!"

아망다가 외쳤다.

"아직은 아니야! 이건 위도만 나와 있잖아. N, 북위 48도 52분 36.373초. 경도를 얻으려면 다음 수수께끼를 풀어야 해. 그렇지만 이제는 조금은 풀어나가게 됐지. 동쪽east의 E건 서쪽의 O˙건 간에 일단은 방향 글자를 찾아내자. 그 다음에는 숫자들을 알아내면 된다는 걸 이미 알고 있잖아. 그러니까 훨씬 쉬워질 거야!"

"토마에게 알려 줘야겠어. 안 그러면 또 삐질 거야."

아망다가 딱 잘라 말했다.

나는 토마에게 꼼꼼히 설명하는 메시지를 보냈다. 토마는 들뜬 나머지 당장 우리에게 오겠다고 바로 자전거를 타러 갔다. 그리고 몇 분이 지나 '이상한 이야기' 채널 팀 모두가 내 방에 또 한 번 모이게 됐다. 나는 잠시 가만히 멈춰 서서 머릿속에서 이 순간을 사진으로 남겼다. 그리고 내 기억 속에 보관했다. 내가 세상에서 제일 좋아하는 일, 바로 수수께끼를 풀고 보물을 찾아내는 일을 가장 친한 친구들과 하는 순간이었다!

우리는 곧바로 작업에 착수했다. 내 추론이 맞다면(솔직히 의심은 안 했지만 그래도 혹시 모르는 법이니까) 이어서 우리가 찾아내야 하는 답은 글자일 것이다. 동쪽을 뜻하는 알파벳 E거나 서쪽을 뜻하는 알파벳 O지 않을까?

---

\*       프랑스어로 서쪽은 Ouest라고 쓴다.

토마가 먼저 나서서 책을 집어 들고 다음 수수께끼를 큰 소리로 읽었다.

"나를 오른쪽으로 돌리면 나는 사랑이 된다. 나를 왼쪽으로 돌리면 차량wagon의 끄트머리에 간다."

문장을 다 읽은 토마는 어깨를 으쓱하고는 고개를 저으며 얼굴을 찌푸렸다. 딱 봐도 전혀 모르겠다는 표정이었다.

"내가 보기엔 글자 E밖에 없을 것 같아. O를 돌린다는 건 아예 말이 안 되잖아, 안 그래?"

아망다가 끼어들었다.

그 말이 일리가 있었다. 머릿속에서 글자 E를 온갖 방향으로 돌려보려고 했지만 맞아떨어지는 건 아무것도 없었다. 나는 책가방 쪽으로 가서 필통과 종이 뭉치를 꺼냈다. 토마와 아망다는 눈을 가늘게 뜨고는 내가 무슨 속셈인지 궁금해하며 조용히 지켜봤다.

나는 종이에다 커다란 대문자 E를 그리고 오른쪽으로 90도만큼 돌렸다.

"이러니까 꼭 글자 M같은데."

아망다가 말했다.

　그런 다음, 종이를 맨 처음 위치로 돌려놓고, 이번에
는 왼쪽으로 90도를 돌렸다.

"이거는 W 같아 보이지 않아?"

토마가 말했다.

내가 소리를 질렀다.

"바로 그거야! 차량을 뜻하는 'wagon'이라는 단어 끄트머리에 있는 거, 그게 W잖아!"

"그러면 M이 왜 사랑이라는 걸까?"

아망다가 물었다. 초록색 눈 위로 찌푸린 눈썹이 곡절 부호[*] 두 개의 모양과 완벽히 맞아떨어졌다.

"엠aime[**]. 그게 사랑이잖아!"

큰 진전을 이뤘다. 친구들이 안달을 내는 게 느껴졌다. 우리는 책을 들고 있는 토마에게로 다가갔다. 뇌는 난리법석을 피우며 경도와 이어지는 수수께끼, 수학, 논리 문제들을 빠르게 해독했다. 우리 엄마는 뭉치면 힘이 된다고 항상 내게 말씀하시고는 했는데, 정말 우리 셋이 같이 있으니 각자 있을 때보다 훨씬 더 속도가 났다.

아망다는 우리가 찾은 답을 모두 종이 위에 적었다.

---

*     프랑스어에 쓰이는 악센트 부호의 일종이다.
**     프랑스어로 '좋아한다'라는 뜻이다.

토마와 나는 빛에 이끌리는 곤충처럼 홀린 듯 아망다 쪽으로 향했다.

열기로 가득한 우리 눈앞에 아직 어디인지 알 수 없는 장소의 GPS 좌표가 쓰여 있었다.

N 48도 2분 36.373초
E 2도 46분 56.645초

나는 노트북 앞에 자리를 잡고 앉아 우리가 찾아낸 결과를 컴퓨터 위치 추적 앱에 입력했다. 지도가 스스륵 움직이더니 한 장소를 가리켰다. 난 깜짝 놀라 탄식을 내뱉으며 눈을 휘둥그레 떴다. 우리는 이 GPS 좌표가 가리키는 장소가 어딘지 알게 됐다. 세 명 모두가 아주 잘 아는 곳이었다!

# 7장

—

이 좌표는 바로 어드벤처 파크의 좌표였다. 파리 근처에 있는 커다란 놀이공원인데, 몇 년 전에 생겼을 때부터 우리 모두, 특히 토마와 내가 가고 싶어 했던 곳이었다. 신기한 놀이기구들 사진은 전부 다 봤고, 꼭 한 번 같이 가서 하루 종일 놀고 오자고 약속도 했다.

위성사진을 보니 GPS 좌표가 정확하게 가리키는 장소는 놀이공원 바깥에 있는 커다란 풀밭이었다. 그다지 특별한 건 없어 보이는 장소였고, 제일 가까운 놀이기구마저도 백 미터는 족히 떨어져 있었다. 이 풀밭에 보물이 묻혀 있는 걸까?

이쯤 되니 책의 내용물은 조금 더 아리송해졌다. 처

음에 있던 수수께끼들을 지나고 나니 중간 부분에 있는 페이지에는 이렇게 쓰여 있었다. 제2부. 이 소제목 바로 아래에는 저택이나 옛날 집처럼 보이는 로고가 그려져 있었다.

아망다는 우리가 찾아낼 새로운 해답들이 보물이 있는 정확한 장소를 곧바로 알려 줄 거라고 생각했다. 우리는 문제를 다시 이리저리 살펴봤지만 멀리 떨어진 채로는 더 이상 조사를 충분히 할 수 없다는 게 확실했다. 그 장소로 직접 가 보는 수밖에 없었다.

우리는 노아에게 연락을 했다. 아무런 의심을 사지 않고 그곳에 갈 만한 유일한 방법은 그 유명한 놀이공원을 찾아 파리에 가겠다는 핑계를 내세우는 것뿐이었다. 노아는 파리에 살고 있었기 때문에 우리와 쉽게 만남 약속을 잡을 수 있었다. 우리 부모님들은 우리가 그 놀이공원에 가고 싶다고 이야기하는 걸 벌써 수천 번은 들었기 때문에 이 계획을 밀고 나가는 건 그리 어렵지 않았다.

그런 점에서 우리 아빠가 주말이면 회사 일 때문에 파리로 갈 일이 있다는 사실은 아주 행운이었다. 우리 부모님을 설득하기만 하면 됐다. 아빠가 파리에 갈 때 우리가 같이 가면 되니 이동 수단은 이미 다 마련된 상태였다. 게다가 우리는 유튜브 채널 덕분에 후원금을 받을 계좌도 열어놓을 수가 있었는데, 여비를 전부 다 부담할 수 있을 만큼 돈은 충분했다.

우리 부모님 그리고 토마와 아망다의 부모님과 확실하게 협상을 해야 했다. 나는 도저히 거절할 수 없는 이유를 마련했다. 첫 번째로, 어드벤처 파크는 빈틈 하나 없는 보안으로 유명했다. 어린이들에게 맞춰서 내부를 단장해 두었기 때문에 놀이공원 이용객 그 누구도 길을 잃지 않도록 어디에나 직원들이 있었고 자주 관리를 했다. 게다가 노아가 자기 엄마를 설득해서 우리와 하루 종일 동행할 수 있게 됐다. 이 점이 결정적이었다. 어른들은 모두 안심했고, 우리는 어드벤처 파크에서 하루를 보내도 좋다는 허락을 받았다.

토마와 나는 신나했지만 아망다는 내가 생각했던 것만큼 들떠 보이지는 않았다. 어쩌면 스릴 넘치는 놀이기구를 별로 안 좋아하는지도 몰랐다……. 이상했다. 언제나 아망다는 뒤도 안 돌아보고 위험한 모험에 제일 먼저 나서는 사람이었으니까. 우리 집 맞은편에 이사 온 수상한 이웃이 몰래 만들고 있는 게 뭔지 보려고 커다란 문과 낡은 창고의 벽을 닌자처럼 타고 오른 것도 아망다였고, 성난 눈보라가 몰아치는데도 한밤중에 렌 르샤토의 공동묘지로 나와 함께 나섰던 것도 아망다였는데.

마판에 가서 계획이 틀어지는 일이 없도록 출발하기 전에 숙제를 미리 끝내야 한다고 두 친구들에게 확실히 얘기해 뒀다. 이렇게나 잘 준비된 작전이 "적어도 숙제는 다 해 뒀겠지?" 같은 질문 때문에 갑작스레 중단되는 위험 같은 건 감수하고 싶지 않았다.

알람이 울렸다. 나는 벌써 삼십 분도 더 전에 일어나 있었다. 신이 나서 거의 뜬눈으로 밤을 지새웠다. 실수를 저지르지는 않았는지 확실히 하고 싶어서 공책 뭉치를 오랫동안 살펴봤다. 우리 집에서 수백 킬로미터 떨어진 곳에서 임무에 나섰다가 '헛다리를 짚는 것'보다 나쁜 일은 없을 테니까. 갑자기 뱃속이 조여 오면서 머릿속에 온갖 질문들이 퍼져 나갔다. 만약에 우리가 실수한 거면 어쩌지? GPS 좌표가 잘못된 거라서 엉뚱한 실마리를 잡았던 거라면?

나는 부정적인 생각을 쫓아내려고 고개를 젓고 짐을 챙겼다. 침대 머리맡 탁자에 두었던 책을 다시 집어 들고 마지막으로 꼼꼼하게 살펴봤다. 그리고 배낭에다 조심스럽게 집어넣었다. 출발할 시간이 다가올수록 심장이 점점 더 빨리 뛰었다.

"계속 이렇게 있다가는 늦겠어!"

운전대 앞에 앉은 우리 아빠가 말했다.

토마와 나는 뒷좌석에 앉아 안전벨트를 매고 출발할 준비를 마쳤고 아망다가 앉을 자리를 비워두기까지 했다. 아망다에게 문자 몇 개를 보냈지만 답은 없었다.

아빠가 또 한 번 투덜거리자 나는 전화를 해 봐야겠다고 생각했다. 전화 연결음이 세 번 들리고 나서 아망다가 전화를 받았다.

"여보세요."

아망다가 흥분한 것 같은 작은 목소리로 대답했다.

"우리 너 기다리는 중이야, 아망다."

스스로 느끼기에 조금 무미건조한 목소리로 말했다.

"내가…… 컨디션이 좀 안 좋아서, 나 빼고 가는 게 나을 것 같아."

몽둥이로 온몸을 두들겨 맞은 것 같은 기분이었다. 입을 열었지만 아무 소리도 나오지 않았다. 내가 아무 말이 없자 아망다가 말을 이어갔다.

"장담하는데, 올리, 그렇게 하는 게 낫겠어."

나는 마음을 추스르려고 했다. 겨우 몇 마디를 꺼낼 수 있었다.

"아픈 거야?"

"음……. 응, 뭐, 정확히 어떤 상태인지는 모르겠지만 너희랑 같이 갈 수는 없을 것 같아."

나는 목이 턱턱 막혔다.

"알겠어……. 그러면 잘 쉬고 있어. 아무튼 단체 채팅 방에다 소식은 남길게."

"친절하게 말해 줘서 고마워. 보물 찾기 잘 해."

아망다가 전화를 끊었고, 나는 토마를 쳐다봤다.

"앞자리에 앉고 싶으면 앉아도 돼. 아망다는 안 간대."

나는 아무렇지도 않은 척하며 무뚝뚝하게 말했다.

# 8장

—

아빠는 놀이공원 앞에 있는 거대한 주차장으로 들어섰다. 커다란 아치로 된 입구 쪽에는 벌써부터 수많은 사람들이 걸어가는 모습이 눈에 띄었다. 먼 과거에서 그대로 튀어나온 것 같은 돌로 만든 둥근 천장도 있었으며, 빛을 내뿜는 거대한 스크린 광고판에는 액션 영화 제목처럼 '어드벤처 파크'라고 쓰여 있었다. 백미러를 바라보니 저 멀리 하늘을 찌르는 탑과 철제 구조물을 보며 토마의 눈빛이 빛나는 게 보였다. 토마가 내게 고개를 돌렸다. 몇 초 전까지만 해도 신이 난 표정을 하고 있던 토마 얼굴이 굳었다.

"어디 안 좋은 거야, 올리?"

토마가 내게 물었다.

나는 어깨를 으쓱하고는 창문 너머 먼 곳을 바라봤다.

"아망다 때문에 그래? 아망다가 우리랑 같이 못 와서 실망한 거야?"

"응."

나는 짧게 대답했다.

"아망다가 컨디션이 안 좋다고 그랬잖아. 이해해 줘야지."

"그게 제일 큰 이유는 아닌 것 같아……. 뭔가 다른 이유가 있어."

"대체 무슨 이유?"

나는 잠시 멈췄다가 말했다.

"전혀 모르겠어."

갑자기 아빠가 어느 운전자에게 경적을 울리고, 몇 마디 욕설을 내뱉더니 어깨를 으쓱하면서 우리를 쳐다봤다. 마치 "내가 조금 전에 한 말, 너희는 따라하지 마라"라고 말하는 것 같았다. 그러고는 검지로 한쪽 방향을 가리켰다.

"저쪽 입구 옆에다 차를 세워 주면 될까?"

토마와 나는 유리창에 얼굴을 바싹 붙이고, 손은 망원경처럼 눈 위에 갖다놓은 채로 주변을 꼼꼼히 살폈다.

단체로 빨간 모자를 쓰고 온 아이들 무리 뒤쪽으로 노아가 보였다. 물방울 두 개를 나란히 놓은 것처럼 외모를 쏙 빼닮은 아주머니 옆에 서 있었다. 분명히 노아의 엄마였다.

"아빠, 저기로요!"

나는 이렇게 소리치며 창문을 내리고 노아에게 신호를 보냈다.

노아의 엄마와 우리 아빠가 서로 소개를 주고 받았다. 노아의 엄마는 하루 종일 우리를 잘 지켜볼 거라고 안심을 시켜 주셨다. 아빠는 언제쯤 토마와 나를 데리러 올지 이야기했다. 그러고는 아빠는 차를 타고 멀리 사라졌다.

노아는 내가 상상했던 것보다 훨씬 작았다. 그리고 내 생각보다는 조금 더 소심했다. 우리가 서로 알게 된 건 겨우 며칠 전인데, 하루 종일 같이 시간을 보내려고 놀이공원 앞에서 만났다는 게 어쨌든 간에 조금 기분이 이상하기는 했다. 게다가 우리는 비밀 임무를 맡은 상태였으니까. 노아의 엄마가 근처에 있으니 수수께끼에 대해 대놓고 이야기하지는 않으면서도 노아 엄마를 잘 속여야 했다. 그러니 오늘의 만남은 서로 친해지는 데 도움이 안 됐던 거다!

놀이공원 입구를 지나면서부터 우리는 임무를 수행하기 위해 제일 조용한 놀이기구를 골랐다. 바로 '성스러운 강을 향한 하강'이라는 이름의 놀이기구였다. 십오분쯤 줄을 서 있다가 커다란 통나무 배 모양의 놀이기구에 올라탔다. 배 안에는 자리가 충분히 있어서 당연히 노아의 엄마도 우리와 함께 탑승했다. 의심을 받지 않으면서도 솔직하게 이야기를 나누기에 좋은 방법은 아니었다! 첫 번째 실패였다.

"그래, 너희는 유튜브 채널 덕분에 노아랑 알게 된 거니?"

기다란 넝쿨이 매달려 있는 어두운 터널로 우리가 탄 배가 흘러가는 와중에 노아의 엄마가 말을 꺼냈다.

"아⋯⋯ 네."

나는 곤란한 마음을 감추려고 애쓰며 대답했다.

"너희가 만든 동영상을 몇 개 봤단다. 정말로 잘 만들었던데! 노노가 다른 거 말고 너희 채널을 더 많이 보면 좋을 텐데……. 어휴, 말하면 뭐하니."

노아의 엄마가 우리를 칭찬해 줬다.

노아가 항의했다.

"엄마! 그렇게 부르지 말라고 했잖아요."

노아의 캐러멜빛 얼굴 위 광대뼈 쪽이 살짝 불그스름해졌다. 보아하니 감수성이 예민한 건 나 혼자만은 아닌 것 같았다.

"고맙습니다, 아주머니!"

토마가 대답했다.

"디안느라고 불러도 된단다."

토마는 차마 노아 엄마의 이름을 부를 엄두가 나질 않아서 미소를 지으며 고개를 끄덕이기만 했다.

놀이기구를 타는 동안 보물 찾기나 책 이야기는 한 번도 꺼낼 수가 없었지만 그래도 덕분에 서로를 조금 더 알아갈 수가 있었다. '성스러운 강을 향한 하강'에서 내리고 나니 우리에게 필요한 해결책이 알아서 모습을 드러냈다. 토마가 폐허 같은 거대한 건물을 손가락으로 가리키면서 이 놀이기구를 타 보는 게 꿈이었다고 외쳤다.

디안느 아주머니가 눈썹을 위로 치켜뜨며 말했다.

"뭐? '지옥의 탑'이라고? 나는 빼고 가렴, 얘들아! 저렇게 스릴 넘치는 건 도저히 탈 수가 없어서 말이야."

디안느 아주머니는 말을 마치고는 입을 쩍 벌렸다. 빠져나갈 구멍이 보였다! 보물 찾기 이야기를 나눠야 할 때면 롤러코스터 같은 스릴 넘치는 놀이기구를 고르면 되는 것이다. 그러면 우리끼리만 시간을 보낼 수가 있다.

"좀 이따 봐요, 엄마."

노아는 이렇게 외치고는 '지옥의 탑'으로 달려갔다. 토마와 나는 노아를 서둘러 뒤따라갔다. 노아와 기다리는 줄에서 합류하자 드디어 이야기가 술술 풀렸다.

노아는 엄마가 아직도 우리 이야기를 듣고 있기라도 한 것처럼 목소리를 낮춰 속삭였다.

"그래서 어떻게 됐어? 좌표를 따라가면 어디가 나와?"

나는 들떠서 배낭을 가슴 앞으로 돌리고는 전날 밤 인쇄해 둔 지도를 꺼냈다.

"여기야."

GPS 좌표가 알려 준 빈터를 검지로 가리키며 내가 말했다.

노아는 종이를 집어 들고 고개를 이쪽저쪽으로 돌리며 눈으로 무언가를 찾아다니다가 시선을 딱 멈추고는 턱으로 한 방향을 가리켰다.

"저기에 놀이공원 전체 지도가 나와 있어. 가 보자!"

다른 아이들이 깜짝 놀란 눈으로 지켜보는 가운데 노아가 줄에서 빠져나왔다. 나도 망설임 없이 노아를 따라갔다. 토마는 잠시 아무 말이 없다가 손을 치켜들었다.

"너희 '지옥의 탑'은 안 탈 거야?"

토마가 화를 내면서 물었다. 거의 슬퍼 보일 정도였다.

내가 대답했다.

"나중에 타 보자. 일단은 이 장소가 어디인지 알아내야 해!"

우리는 커다란 게시판 아래에 모였다. 게시판에는 놀이공원에 있는 모든 놀이기구, 소풍 장소, 상점, 화장실 그리고 다양한 행사의 운영 시간이 표시된 지도가 그려져 있었다. 나는 게시판을 샅샅이 살펴보다가 우리가 찾고 있는 곳과 비슷한 장소를 발견했다. 노아가 인쇄된 지도를 게시판 높이로 치켜들었다. 우리가 찾는 장소는 지금 있는 곳에서 십 분 정도 떨어진 거리에 있었다.

토마가 말을 꺼냈다.

"봐, 그 바로 옆에 '불의 뱀'이라는 놀이기구가 있네. 노아 엄마께 거기 가고 싶다고 이야기하는 수밖에 없겠어."

노아와 나는 고개를 끄덕이고 곧바로 자리를 이동했다. 뒤에서 토마가 웅얼거리며 불평하는 소리가 들렸다. 토마는 먼 길을 왔는데 스릴 넘치는 놀이기구를 타볼 기회조차 얻지 못했다는 사실 때문에 어느 모로 봐도 무척 실망해 있었다. 나는 우리 유튜브 채널로 번 돈으로 최대한 빠른 시일 안에 다시 이 놀이공원에 놀러 올 계획을 짜 봐야겠다고 다짐했다. 그때는 아망다도 같이 올 수 있겠지.

"벌써 왔니?"

놀이기구가 있는 건물로 들어갔다가 고작 몇 분 만에 달려 나오는 우리를 보며 디안느 아주머니가 물었다.

"아, 네. 줄이 너무 길어서요. '불의 뱀'으로 가 보는 게 낫겠어요. 별로 멀지 않거든요."

디안느 아주머니는 이번에도 눈썹을 위로 치켜뜨고는 미소를 지었다.

"그래, 좋지. 이번에는 '불의 뱀'으로 가보자꾸나!"

몇 분 뒤, 우리는 거대한 금속 놀이기구에 도착했다. 미국에 있는 자연보호구역의 협곡을 떠오르게 만드는 바위, 구덩이, 봉우리의 가장자리를 레일이 구불구불하게 감고 있었다. 열차가 레일 위로 천천히 올라 꼭대기에서 거의 수직으로 떨어질 때마다 비명 소리가 물결처럼 밀려왔다. 나는 한껏 신이 났고, 토마는 내 어깨를 가볍게 쳤다. 우리는 이 놀이기구가 등장하는 영상을 본 적이 있었는데, 댓글에 나오는 내용은 하나같이 똑같았다. 살면서 이렇게 무서웠던 적이 없다고들 했다!

'불의 뱀'으로 이어지는 넓은 길을 따라서 나무로 된 크고 높은 울타리가 있었다. 나는 토마를 팔꿈치로 슬쩍 찔러서 신호를 보냈다.

"우리가 찾는 곳은 이 울타리 뒤편인 것 같아."

내가 울타리를 가리키며 토마에게 속삭였다.

몇 미터 떨어져서 앞쪽에서 엄마와 함께 걷고 있던 노아도 우리 쪽을 돌아봤다. 노아도 상황을 파악한 듯했다.

넓은 놓인 팻말에는 커다란 노란색 글씨로 "저쪽은 '괴상한 저택'입니다."라는 내용이 쓰여 있었다. 글씨 위편에는 탑과 뒤틀린 지붕이 달려 있는 빅토리아 양식 저택의 실루엣이 그려져 있었다.

그 앞을 지나면서 문득 디안느 아주머니는 얼굴을 돌려 팻말에 슬쩍 눈길을 줬다. 그 순간 아주머니가 갑자기 길 한복판에 딱 멈춰 섰다. 다리가 떨리는 게 보였다. 그러고는 손에다 얼굴을 파묻고는 뜨거운 눈물을 흘리며 울기 시작했다. 노아가 황급히 달려가 팔을 활짝 벌리고는 다정히 엄마를 끌어안았다.

"무슨 일이에요, 엄마?"

노아가 부드러운 목소리로 물었다.

디안느 아주머니는 흐느끼며 더듬더듬 말을 이어갔다.

"저…… '괴상한 저택'은…… 네 아빠가 미친 듯이 몰두했던 프로젝트인데……."

디안느 아주머니가 말을 다 끝맺을 필요도 없었다. 우리는 전부 알 수 있었다.

# 9장

—

애석하게도 커다란 울타리 때문에 시야가 가려져 더는 단서를 찾을 수 없어서 놀이공원에서 보내는 시간을 일찍 마무리했다. 디안느 아주머니는 슬픔에 잠겨 있었고, 더 이상 즐겁지도 않았다. 토마와 나는 우리의 새로운 친구 때문에 조금 마음이 아팠다. 힘든 시기에 친구의 사생활에 끼어들고 말았다는 찝찝한 기분이 들었다. 물론 노아는 그런 건 별로 중요치 않고 아빠가 숨겨 둔 보물을 찾는 임무가 제일 중요하다는 이야기를 수도 없이 되풀이했지만, 디안느 아주머니는 완전히 기운이 빠져 있었고 이 '괴상한 저택'에 관해서 무언가를 더 알아낼 수도 없었는지라 우리는 각자 집으로 돌아가자고 합의를 봤다.

어드벤처 파크에서 하루를 보낸 뒤, 우리는 '괴상한 저택'과 우리가 시작한 보물 찾기에 관한 새로운 영상 시리즈를 촬영하기로 마음먹었다. 안타깝게도 GPS 좌표가 가리키는 장소를 찾아낸 뒤로 더 알아낸 내용은 없었지만, 우리가 알맞은 방향으로 나아가고 있다는 사실은 확실했다.

토마는 유튜브 채널에 올릴 새로운 영상을 찍을 장비들을 내 방에다 설치했다. 나는 아망다가 오기 전까지 아망다의 대본을 다시 살펴보면서 마지막으로 수정을 하고 있었다.

아망다는 한 시간이나 늦게 도착했는데, 아망다 표정이 좋지 않아서 누구도 차마 아망다에게 말을 붙일 수가 없었다.

"자, 여기 네 대본이야."

나는 아망다에게 간단히 이 말만 전했다.

"무슨 대본인데?"

아망다가 눈썹을 찌푸리며 물었다.

"너도 잘 알겠지만 지금 우리가 하고 있는 보물 찾기에 관한 새로운 시리즈 대본이야. 항상 하던 것처럼 짧은 소개 영상을 찍으려고."

"내가 소개를 해야 한다는 거야?"

그 질문을 듣고 나는 깜짝 놀랐다. 그리고 어리둥절해 하며 토마를 쳐다봤고, 토마는 어깨를 으쓱하는 것으로 대답을 대신했다.

"소개는 항상 네가 하잖아. 네가 그거 좋아하는 줄 알았는데."

내가 딱 잘라 말했다.

"알겠어. 그런데 왜 굳이 나인 거야? 내가 여자아이여서?"

"전혀 아니야, 그게 아니라……."

"수수께끼를 풀거나 카메라를 다루는 것 같은, 남자아이들이 하는 일을 하기에는 내가 너무 바보 같아서 그러는 거야?"

나는 어안이 벙벙한 채로 얼굴을 완전히 일그러뜨렸

다. 아망다의 이런 갑작스러운 태도를 이해할 수가 없었다.

"전혀 아니야, 아망다! 네가 수수께끼를 잘 해결한다는 건 모두 잘 알잖아? 그리고 기술적인 일들을 토마가 도맡아서 하는 건 토마가 그 일을 좋아하고, 촬영용 소프트웨어를 다룰 줄 알기 때문이야. 나도 그런 쪽은 잘 몰라서 그 일을 하지 않잖아. 무슨 소리를 하는 거야?"

나는 화가 난 마음을 목소리에 고스란히 드러냈다. 토마도 나도 일부러 아망다를 차별한 적은 한 번도 없었기 때문에 화가 났다. 정말로 그런 생각은 한 번도 해보지 않았다. 우리는 아무런 구별을 두지 않고 항상 모든 걸 함께했으니까.

"그러면 바꿀 수도 있는 거잖아, 안 그래? 이제부터는 네가 소개 영상에 출연할 수도 있는 거잖아, 그렇지?"

아망다가 냉랭한 목소리로 말했다.

"어…… 응, 네가 그렇게 하고 싶다면야. 그렇지만 그러려면 대본을 다시 살펴봐야 할 것 같아……."

나는 조금 당황하며 대답했다.

"어쨌든 간에 나는 더 이상 화면에 나올 생각 없어. 지굿지굿해!"

토마와 나는 깜짝 놀랐다. 아망다는 무척 화가 나 있었다. 그렇지만 대체 누구한테, 무엇 때문에 화가 난 걸까? 아망다는 확실히 불만이 있는 것 같아 보였다. 아망다는 내 방에다 외투조차 벗어 두지 않은 채로 그대로 자리에서 일어섰다. 성이 나서 붉어진 얼굴로 문을 향해 몇 걸음 걸어가더니 이렇게 딱 잘라 말했다.

"이번 건은 너희에게 맡길게. 아무튼 나는 어드벤처 파크에 가지도 않았고, 어떤 일이 있었는지 소식도 못 들었고, 수수께끼를 푸는 데 크게 도움을 준 것도 없으니까. 그리고 솔직히 말해서 더 이상 이 일에 관심이 가지 않는 것 같아."

아망다는 등을 돌리고는 방을 나서며 문을 닫았다. 슬픔에 속이 뒤틀리는 것 같았다. 나는 완전히 넋이 나가 버렸다. 조금 전 내 눈앞에서 벌어진 일을 전혀 이해할 수가 없었다. 나는 나만큼이나 혼란스러운 얼굴을 하고 있는 토마를 쳐다봤다.

우리는 이 일에 관해서 이야기를 나눌 시간조차 없었다. 영상통화 신호 멜로디가 내 노트북에서 들려오고 있었다. 화면에는 노아의 이름이 떠 있었다.

"안녕!"

내가 말했고, 그러는 동안 토마는 내 옆으로 와서 책상에 자리를 잡았다.

"안녕, 얘들아. 어제 돌아간 뒤로 별일 없었어?"

"그건 오히려 내가 너한테 묻고 싶은 말이야."

내가 대답했다.

"그럼, 그럼. 나야 괜찮지. 걱정해 줘서 고마워."

노아는 잠깐 말을 멈추고는 왼편을 쳐다봤다. 그러고는 화면 가까이로 다가왔다.

"우리 엄마랑 이야기를 좀 해 봤는데, 우리 아빠가 맡았던 프로젝트에 관해서 조금 더 설명을 해 주시더라고."

"뭐라고 하셨어?"

토마가 말했다.

"아빠는 어드벤처 파크랑 큰 계약을 맺으셨던 것 같아. 전국적인 수준에서 대규모로 보물 찾기를 시작하는 프로젝트였어. 일급 비밀이라서 이 내용은 아주 비밀스럽게 다뤄졌지만 우리 엄마 이야기대로라면 이제껏 있었던 것 가운데 제일 규모가 큰 보물 찾기였던 것 같아.

상금도 어마어마했고. 그래서 우리 고모가 그런 식으로 행동했던 거지!"

"네 생각에는 고모가 다른 사람들보다 먼저 보물을 찾아내려고 할 것 같아?"

내가 물었다.

"그렇게 하거나, 아니면 단순히 우리 아빠의 아이디어를 훔쳐서 어드벤처 파크와 대규모 계약을 이어가려는 생각일 수도 있어. 둘 중 어느 쪽이든 간에 고모한테는 내가 너희에게 보내 준 책이 필요할 거야. 그게 수수께끼를 확인하고 보물이 숨겨진 위치를 알 수 있는 유일한 방법이니까. 그 책은 딱 하나밖에 없다고 우리 엄마가 확실히 이야기해 줬어. 진심으로 하는 얘긴데, 그 책을 너희가 갖고 있어서 나는 정말 기뻐."

노아 입장에서는 우리는 전혀 모르는 남이다. 그런데도 그렇게나 소중한 물건을 우리에게 맡길 수 있는 노아의 용기에 감탄했다. 갑자기 화면 속 노아네 집에서 무슨 소리가 들려왔다. 노아는 한쪽으로 몸을 숙이고 귀를 기울였다. 노아는 몇 초 동안 소리를 들어보다가 다시 말을 이어갔다.

"그날 이후로 진전이 있니?"

토마와 나는 잽싸게 시선을 주고받았다. 그리고 내가 입을 열었다.

"딱히 없어. 우리 생각에는 책의 뒷부분은 GPS 좌표가 가리키는 현장에서 활용해 봐야 할 것 같아."

"'괴상한 저택'을 말하는 거야?"

노아가 물었다.

내가 어깨를 으쓱하며 대답했다.

"다른 방법이 없어. 적어도 우리가 길을 따라 걸으면서 봤던 커다란 울타리 뒤편에 뭐가 숨겨져 있는지 볼 수 있어야 할 텐데, 그렇지만 그러려면……."

"잠깐만, 쉿!"

노아가 갑자기 말했다. 방으로 누군가 들어오는 소리가 들렸다. 노아는 자리에서 일어서며 노트북 화면을 덮었다. 그렇지만 연결이 끊어지지는 않게끔 틈을 살짝 만들어 완전히 닫지는 않았다. 그래서 화면은 깜깜해졌더라도 노아의 방에서 벌어지는 일을 우리가 소리로 들을 수 있었다.

"노아야, 몇 분만 방을 좀 내줄 수 있니? 부탁한다, 얘야. 아주 중요한 연락이 와서 말이야."

여자 목소리였다. 디안느 아주머니의 목소리를 똑똑히 기억할 만한 시간은 없기는 했지만, 그래도 디안느 아주머니 목소리는 아닌 것 같았다. 노아가 "알겠어요, 고모"라고 말하고 나서, 덕분에 우리는 목소리의 주인공이 누군지 알 수 있었다. 문이 찰칵 소리를 내며 닫혔고, 잠시 후 다시 나지막한 목소리가 들렸다. 노아의 고모가 거의 웅얼거리다시피 하며 낮은 목소리로 누군가와 통화를 하고 있었다.

"그래, 이제는 조용하게 이야기를 나눌 수가 있겠네……. 그래…… 응…… 아니, 그렇게 쉬운 일이 아니라서……."

나는 우리 마이크를 차단하고 노트북 볼륨을 끝까지 키웠다. 그렇지만 그렇게 해도 노아의 고모와 통화하는 상대방이 이야기하는 내용은 들을 수가 없었다.

"할 수 있는 건 해 보려는데……. 아니, 그건 불가능해……. 반드시 그 책을 손에 넣어야 해. 돈을 전부 되찾을 방법은 그것뿐이니까……."

# 10장

노아의 고모가 전화로 나눈 대화 때문에 깜짝 놀란 나는 노아에게 곧바로 메시지를 보내서 모든 내용을 알렸다. 토마는 황급히 책을 펼쳐서 내용의 후반부를 빠르게 눈으로 훑었다. 우리 사이에는 긴급한 분위기가 감돌았다. 갑자기 정말로 시간 싸움에 돌입한 것 같았다.

몇 분이 지나고, 노아는 그 모든 이야기를 들으니 자기가 의심했던 점들에 확신이 설 뿐이라고 답을 보내왔다. 그리고 아빠의 컴퓨터를 뒤져서 우리에게 도움이 될 만한 내용이 있을지 찾아보겠다고 알렸다. 나는 그 소식을 토마에게 전했고, 토마는 분한 것 같은 기색으로 나를 쳐다봤다.

"노아가 뭐라도 단서를 찾아냈으면 좋겠어. 이것만 봐서는 난 아무것도 모르겠거든. 너도 한번 봐."

나는 책을 펼쳐 두 번째 챕터에서 처음 등장하는 수수께끼를 뜯어봤다. 내가 보기에는 이 수수께끼가 제일 난해한 것 같았다. 그저 하얀 페이지 위에 뜻을 알 수 없는 기호가 네 개 있었다.

나는 이 그림을 눈으로 뚫어져라 쳐다도 보고, 책을 이리저리 온갖 방향으로 돌려도 봤다. 심지어는 페이지를 찢어서 접어 볼 뻔도 했는데, 토마가 나를 말렸다. 토마는 이 기호들을 종이에다 옮겨 적고는 이것저것 끄적거리며 답을 찾으려고 시도했다. 나는 도저히 수수께끼를 풀어낼 만한 방법이 생각나지 않았다. 토마가 그런 나를 알아차렸다.

"뭔가 문제가 있는 거야, 올리?"

나는 대답으로 한숨을 내쉬며 팔에 고개를 괴었다.

"아망다 때문에 그러는 거 맞지?"

토마가 내 어깨에 손을 올리며 물었다.

나는 대답으로 고개를 끄덕였다.

"아망다가 며칠 전부터 이상했어. 느껴지더라니까. 아망다가 우리랑 같이 파리에 가지 않겠다고 했을 때도 뭔가 있다는 생각이 들었지."

"아망다가 아팠다고 그랬잖아."

내가 살짝 짜증을 내며 답했다.

"야, 넌 너무 순진해. 그 전에 아망다가 평소랑 조금 달랐던 거 몰랐어?"

나는 고개를 저으며 몰랐다고 대답했다.

"엄마나 아빠와 무슨 일이 있었을지도 모르잖아. 아망다네 부모님이 이혼하고 나서는 그런 일이 끊이질 않으니까."

"네 말이 맞을지도 몰라. 그렇지만 이번에는 조금 다른 문제 같아. 아망다가 대체 왜 갑자기 채널에 더 이상 함께하지 않겠다고 하는 걸까?"

"아망다가 그렇게 이야기하진 않았잖아! 새로운 영상 도입부에서 소개하는 것만 안 하겠다고 한 거지. 그건 다른 이야기잖아."

"너처럼 항상 옹호해 주는 녀석이 있다니, 아망다는 참 운이 좋네!"

"지금 그 이야기를 하자는 게 아니잖아……."

토마가 화해하자는 뜻으로 손을 들어 올리며 말했다.

"알았어, 알았어. 진정하자. 아망다는 잠시 혼자 내버려 두고, 나중에 메시지를 보내서 괜찮은지 확인해 보자. 지금은 이 골칫거리를 한번 해결해 보자고."

우리는 수수께끼를 해결하려고 갖은 시도를 하면서 한참 시간을 흘려보냈다. 종이 너머로 고개를 들어보니 어느새 바깥은 깜깜한 밤이 되어 있었고, 얼마나 종이를 만지작거렸는지 우리 손가락에는 잉크가 까맣게 묻어 있었다. 아래층에서는 부모님에게서 전화가 왔다며 토마에게 알려 주는 우리 엄마 목소리가 들려왔다. 토마는 저녁을 먹으러 돌아가야 했다.

다시 혼자가 되고, 나는 내 방 창문 너머로 밤 풍경을 꼼꼼히 뜯어봤다. 길 맞은편에 있는 아망다 방에는 불이 꺼져 있었다. 아망다는 자기 아빠네 집에 가 있거나 다른 곳에 가 있는 모양이었다…….

심장이 살짝 저려왔다. 나는 아망다에게 문자를 보내서 좀 괜찮은지 물어봤지만 답은 없었다.

갑자기 핸드폰 알림이 울리며 새로운 문자가 왔다. 노아였다.

올리비에, 이야기 좀 할 수 있을까?

응, 말해 봐.

우리 아빠 컴퓨터를 뒤져 봤어. 전부 다 알아듣지는 못하겠지만, 내가 찾아낸 내용은 대략 이래.

심장이 빠르게 튀어 올랐다. 마치 개미 수천 마리가 내 피부 아래서 들끓기라도 하는 양 손끝이 온통 따끔거렸다.

'괴상한 저택'은 우리 아빠가 어드벤처 파크와 함께 마지막으로 맡았던 대형 프로젝트야. 심지어는 이 프로젝트를 위해서 특별히 회사까지 설립했대. 프랑스에서 한 번도 본 적 없는 가장 거대한 보물 찾기였어. 그리고 네 말이 맞아. 책의 두 번째 부분에 있는 수수께끼들은 현장에서 풀어야 하는 것들이야.

현장에서?

맞아. 우리가 갔던 어드벤처 파크로 다시 가 봐야 해. 거기서 보물 찾기를 이어가는 거지!

그 장소는 막혀 있고 일급 비밀인데, 우리가 어떻게 들어갈 수 있지?

잘 모르겠어. 그렇지만 얼른 해야 해!

왜?

우리 고모한테 책은 없지만, 그래도 빠르게 우리를 앞서나갈 수도 있어.

어떻게 그럴 수가 있지?

우리 아빠가 돌아가시고 나서 회사의 모든 지분을 고모가 물려받았거든.

무슨 말인지 모르겠어……

그러니까 간단히 이야기하자면, 우리 아빠 회사를 지금 경영하는 게 우리 고모라는 거야. 고모가 보물 찾기 프로젝트를 통솔하고 있다고!

# 11장

—

"네 말이 일리가 있네. '괴상한 저택'의 미스터리를 밝힐 수 있는 방법은 하나밖에 없겠어. 직접 현장을 찾아가는 거지."

내가 노아에게 말했다. 노아의 모습은 이번엔 핸드폰 문자 메시지를 떠나 노트북 화면 속에 담겨 있었다.

"어떻게 할 수 있을까? 떠오르는 생각 있어?"

"토마랑 내가 생각해 봤는데, '공식적'으로 거기에 찾아가야 할 것 같아."

"공식적이라니?"

노아가 의문스럽다는 듯이 어깨를 으쓱하며 말했다.

"지금 너희 아빠 회사를 경영하는 게 네 고모라면 고

모한테는 분명 우리를 '괴상한 저택' 현장에 들여보내
줄 권한이 있을 거야."

노아는 잠시 말이 없었다. 수많은 디지털 픽셀로 이
뤄진 노아의 얼굴에는 두 가지 기분 사이에서 갈팡질팡
하는 표정이 피어올랐다. 거부감이 들기도 하고, 내 제
안을 깊이 생각해 보기도 하는 표정이었다.

"고모한테 뭐라고 이야기하지?"

"네 아빠가 '괴상한 저택' 프로젝트 이야기를 언젠가
네게 해 주신 적이 있다고 하면 되지. 아빠가 중요하게
생각한 일이어서 네게 말해 주셨다고. 실제로 어떤 모습
인지 보고 싶다고, 너한테도 중요한 일이라고 이야기하
는 거야. 따지고 보면 사실이기는 하잖아, 안 그래?"

노아가 정수리를 긁적이고는 머리를 끄덕였다.

"그렇지만 확답은 해 줄 수가 없어, 애들아. 고모가 싫
다고 그러면 어쩌지?"

"일단 물어봐. 그러고 나서 다시 상황을 살펴보자."

옆에서 함께 영상 통화를 지켜보던 토마가 대꾸했다.

노아가 한숨을 내쉬었다.

"알았어. 자, 그러면 이만 끊을게. 가 봐야 해서. 소식

전할게."

우리는 손을 흔들어 인사를 하고는 통화를 종료했다. 토마는 자리에서 일어나 원을 그리며 내 방 안에서 몇 걸음을 걷다가 테니스공을 하나 집어 들더니 창문에 던져서 튕겼다. 시선은 머나먼 곳을 보고 있었다. 토마가 내게 물었다.

"아망다한테서 소식 들은 거 있어?"

"아니, 너는 어떤데?"

내가 되물었다.

"아무 이야기 없어. 아무래도 이상한 것 같아."

"벌써 그럴 것까지야. 아망다가 잘 살아 있다는 건 알잖아. 끽해야 한 시간 전에도 학교에서 아망다를 봤는걸. 또 현관문 너머에서 우체부가 전해주는 우편물을 받으러 나오기도 했고."

토마가 내게로 몸을 돌리고는 입술 한쪽 끝을 올려 미소를 슬쩍 지으며 나를 쳐다봤다.

"너 아망다를 염탐하는 거야, 뭐야?"

내가 대답했다.

"그게 무슨 정신 나간 소리야? 그냥 창밖을 봤는데 아망다가 보인 거야."

"너는 다람쥐를 보고 있었다, 이 말이지?"

토마가 내게 테니스공을 던지며 말했다.

나는 테니스공이 이리저리 날아다니다 뭔가를 부수지 못하도록 냉큼 붙잡았다.

"너는 그게 먹힐 거라고 생각해?"

나는 대화 주제를 바꾸려고 토마에게 물었다.

"뭐가? 아망다랑 너 말이야?"

나는 눈을 질끈 감고 한숨을 내쉬며 짜증이 난다는 티를 잔뜩 냈다.

"우리가 노아에게 부탁한 것 말이야."

"그야 모르지. 그렇지만 아무리 봐도 다른 수가 없는걸. 우리한테는 그 방법밖에 없어."

⁂

욕실에서 샤워를 하고 옷을 입던 도중에 노아의 연락을 받았다. 나는 두 번째 양말을 발에다 꿰려고 애쓰면서 방까지 깡총깡총 뛰어갔다. 그러다 중심을 잃고 방의 절

반 정도는 말 그대로 날아서 가로질렀다. 카펫 위에 머리가 제일 먼저 부딪혔다. 바닥에 쓸린 얼굴 한쪽이 불타는 것만 같아서 비명을 지르는 바람에 깜짝 놀란 엄마는 계단을 두 개씩 성큼성큼 달려 올라왔다. 그리고 책상 아래에 처박힌 내 모습을 봤다. 다리는 공중에 들려 있었으며, 한쪽 발에는 잘못 신은 양말이 비죽 튀어나와 있고, 손으로는 얼굴을 감싸 쥐고 있었다.

"뭘 한 거니?"

엄마가 소리를 질렀다.

"아무것도 안 했어요. 미끄러진 거예요."

"다쳤니?"

나는 엄마를 향해 고개를 들었다. 내 얼굴을 보고는 엄마는 소리 내어 웃음을 터뜨렸다. 신경질적인 웃음이었다. 아무튼 내 생각에는 말이다…….

엄마가 놀리듯이 웃으며 말했다.

"화상 흉터가 남겠구나. 일부러 그러지 않는 이상 대체 어떻게 하면 그런 일이 벌어질 수가 있는지 정말 모르겠네!"

"더 심각한 일이 될 수도 있었다고요!"

문 너머로 모습을 감추는 엄마를 향해 내가 외쳤다.

"네가 잘 살아 있잖니. 그게 중요한 거지!"

엄마가 다시 계단을 내려가며 말했다.

나는 자리에서 일어나 노트북 앞에 앉아 노아에게 영상통화를 걸었다. 카메라가 켜지고 내 모습을 보게 되니, 이번에는 나도 웃음을 참을 수가 없었다. 눈 아래쪽에 거의 완벽한 붉은색 직사각형 자국이 오른쪽 광대뼈를 뒤덮고 있었다. 마치 지워지지 않는 빨간색 펜으로 얼굴을 색칠하기라도 한 것 같았다. 통화를 기다리는 동안 토마도 함께 대화할 수 있도록 토마를 단체 통화에 초대했다.

"무슨 일이 있었던 거야?"

이제 막 화면에 나타난 노아가 내게 물었다.

"넘어져서 쓸리는 바람에 화상을 좀 입었어. 대단한 일은 아니야."

나는 파리를 쫓듯이 손으로 공중을 휘저으며 말했다.

화면이 둘로 나뉘며 왼쪽 네모칸 안에 토마의 얼굴도 곧 나타났다. 토마 역시도 놀려 대는 웃음을 지었다.

"네 뺨에 그거 뭐야, 올리?"

토마가 내게 물었다.

나는 한숨을 쉬며 답했다.

"아무것도 아니야. 넘어져서 그래. 노아야, 우리한테
할 이야기 있었어?"

"응, 우리 고모한테 이야기해 봤어."

토마와 나는 노아가 마저 이야기하기를 잠자코 기다
렸다.

"정말 이상했어. 내가 그 이야기를 꺼낸 걸 반기다시
피 했거든. 고모가 곧바로 좋다고 했어. 심지어는 어드
벤처 파크 관계자한테 연락해서 우리가 '괴상한 저택'
현장을 방문할 수 있도록 약속도 잡아 주셨다니까."

믿을 수 없는 일이었다! 이렇게 될 줄은 꿈도 꾸지 못
했는데, 우리 계획이 꼭 날개 달린 것처럼 잘 흘러갔다.
그렇지만 좀 지나치게 좋게 흘러가는 거 아닌가? 이어
서 들려주는 이야기는 그보다도 조금 더 희한했다…….

노아가 손가락 하나를 공중으로 치켜들며 말했다.

"이게 다가 아니야! 우리가 하룻밤을 잘 수 있게 어드
벤처 파크에서 제일 멋있는 호텔까지 예약해 줬다니까.
거기서 저녁에 열리는 퍼레이드도 볼 수 있대."

"우아!"

토마가 양팔을 높이 뻗으며 함성을 질렀다.

"네가 이렇게까지 좋은 소식을 가져올 줄은 몰랐어."

내가 말했다.

"정말 멋진 일이야. 그렇지만 한편으로는 정말 이상해. 들어 봐, 나한테 한 가지 의심되는 게 있어. 내 생각에는 고모한테 뭔가 계획이 있는 것 같아. 고모는 분명히 그 책을 손에 넣으려고 우리를 감시할 거야. 의심을 하고 있는 게 확실해. 만약 그런 거라면 우리는 제발로 호랑이굴로 들어가서 그저 고모의 일이 잘 풀리게 돕는 꼴이 될 거라고."

"그러면 네 생각엔 어떻게 해야 할 것 같은데?"

"저번에 네가 이야기했던 것처럼 우리는 딱히 다른 선택지가 없어. 끝까지 가 보는 수밖에 없어. 정말로 조심해야지."

"우리를 믿어 봐!"

이런 몰골로 그런 말을 하는 게 얼마나 우스울지 말을 내뱉고 나서야 떠올랐지만 난 이렇게 외쳤다. 비밀을 지키는 건 우리가 이미 잘 해 왔으니까.

"우리를 다시 파리에 데려가 달라고 부모님을 설득해야 해."

토마가 끼어들었다.

"어드벤처 파크를 견학하면서 호텔에서 하룻밤 잘 수 있도록 숙박도 제공받았다고 얘기하면 되지. 우리 유튜브 채널 때문에 그렇다고 하면 돼."

내가 토마의 말에 덧붙였다.

"우리 엄마한테 혹시 같이 가 줄 수 있는지 벌써 물어봐 뒀는데, 엄마가 좋다고 했어."

노아가 말했다.

"네 엄마가 같이 가신다면 나는 아무런 문제없을 것 같아."

"나도 문제없을 거야."

토마가 말했다.

나는 카메라 앞에서 미소를 지었다. 그렇지만 머릿속으로는 이런 생각을 했다.

'이번에는 아망다가 올 수 있으면 좋을 텐데.'

# 12장

—

파리로 출발하는 날 아침, 지난주가 되풀이되는 것 같은 찜찜한 기분이 들었다. 그래도 다른 점이라면 우리가 아망다를 기다리지 않았다는 것이다. 애초에 기다리려고도 하지 않았다. 바로 전날 아망다는 조심스럽게 우리 집에 찾아와 이번에도 마찬가지로 자신은 어드벤처 파크에 함께 가지 않겠다고 이야기했다. 그 말을 듣고 나는 보물 찾기에 나서는 이런 일들이 더 이상 아망다의 나이에는 맞지 않을지도 모르겠다는 생각을 했다. 아무튼 간에 아망다는 토마나 나보다 한 살이 더 많았으니까. 그리고 제아무리 우리가 외면하려 해도 학교에 있는 또래 여자아이들 대부분은 우리보다 훨씬 더 어른스러운 분위기를 풍겼다. 여자아이들은 더 이상 우리와 같은 일에 관심을 두지 않았고, 옷도 다르게 입었고, 어떤 면에서 보면 훨씬 더 어른처럼 보였다. 내가 일장연설을 하려 들자 토마는 어깨를 으쓱하며 고개를 저었다. 토마와 나는 유년기에 머물러 있는 반면에, 아망다는 어른이 되어가는 길에 올랐다는 걸 알 수 있었다. 내가 아망다에게 이런 이야기를 꺼내자 아망다는 오히려 그 반대라면서 자기는 모험도 보물 찾기도 좋아하고, 이걸 그만둘 이유가 전혀 없다고 이야기했다. 아망다가 함께하지 않는 이유는 자기가 지금 이상한 시기를 보내고 있기 때문이고, 그 점에 관해서는 이야기를 하기가 어렵다는 것이었다. 내가 아무리 설명을 해 달라고 해도 아망다는 내게 고집을 부리지 말라고 했다.

그래서 그날 아침 나는 조금 슬픈 기분으로 자동차 뒷좌석에 앉아 있었다. 그렇지만 하룻밤 지나는 동안 나는 이미 포기하고 현실을 받아들인 상태였다. 그리고 우리는 목표물에 가까워지고 있었다. 이번에 또 다시 파리를 향한 여정에 나서면 분명히 여러 가지 답을 얻어낼 수 있을 것이다. 나는 배낭 속에 책을 잘 집어넣었는지 마지막으로 한번 더 확인했다. 그리고 차가 출발했다.

어드벤처 파크 입구에 있는 커다란 아치 문 아래에서 지난번처럼 우리는 노아, 디안느 아주머니 그리고 놀이 공원 안내원을 기다렸다. 우리는 서로 간단히 인사를 나누고는 안내원을 따라 놀이공원을 가로질렀다. 우리가 특권을 누린다는 기분에 도취됐다. 신이 나서 심장이 마구 날뛰었다. 안내원은 자기 이름이 카밀리아라고 소개했는데, 우리는 카밀리아와 함께 '괴상한 저택' 현장까지 갔다. 커다란 나무판 앞에 이르자, 카밀리아가 열쇠 꾸러미를 꺼냈다. 이 너머에 감춰져 있는 것들을 드디어 알 수 있다고 생각하니 목덜미가 살짝 저릿저릿했다.

카밀리아가 이야기했다.

"자! 지금 있는 곳은 앞으로 새로운 놀이기구의 입구가 될 자리입니다. 바로 '괴상한 저택'의 입구죠."

모두들 침묵을 지켰다. 우리는 주의 깊게 카밀리아의 설명을 들었다. 카밀리아는 자물쇠에 커다란 열쇠를 집 어넣고는 문을 밀었다. 나는 숨이 멎을 것만 같았다. 지 금으로서는 모든 사람들에게 비밀로 남아 있는 공간에 처음 발걸음을 내딛는 순간이었다.

우리가 안으로 들어서자 카밀리아는 뒤편에 있는 문을 빠르게 잠그고는 견학을 이어갔다. 포장이 되어 있는 넓은 길은 조그맣고 길쭉한 집으로 이어졌다. 앞쪽 더 먼 곳에는 위풍당당한 저택이 서 있었다. 건물의 어두운 색깔 때문에 불길한 기운마저 감돌았다. 괴상한 저택이라는 이름에 걸맞은 희한한 건축 양식이었는데, 건물의 네 귀퉁이에는 뾰족한 지붕을 덮은 탑이 붙어 있었다. 마치 콘크리트 감옥에서 돌로 만든 뱀이 빠져나오는 모습처럼 뒤틀린 형태로 무너져가는 것 같은 탑이었다. 한쪽에서는 일꾼들이 발판 위에서 바쁘게 움직이며 벽면 일부를 마무리하고 있었다. 우리 주위로는 주황색 옷을 입고 하얀색 안전모를 쓴 사람들이 오가며 시멘트가 든 포대나 파이프를 날랐다. 조금 더 멀리 떨어진 곳에서는 공사용 차량이 엔진 소리와 후진 경고음으로 불협화음을 만들며 이리저리 돌아다녔다.

"보다시피 아직 현장은 공사 중이에요. 곧 있으면 개장을 해야 하거든요."

안내원 카밀리아는 번번이 '곧'이라는 말을 썼다. 그렇지만 노아, 토마 그리고 나는 우리가 가지고 있는 책에 들어 있는 수수께끼가 그들 손에 없는 이상 이 계획이 결코 실현될 수 없으리라는 사실을 똑똑히 알고 있었다. 노아의 고모가 그렇게나 탐을 내는 엄청난 자료가 내 가방 속에 있다고 생각하니 권력을 쥐고 있다는 기분에 조금은 도취됐다.

"저를 따라오세요. 안내 데스크로 데려가 줄게요. 거기서 이 모든 게 전부 어떻게 작동하게 될 건지 설명해 줄 겁니다."

우리는 한 줄로 서서 카밀리아 뒤를 따라 조그만 집 안으로 들어갔다. 건물 안으로 발을 들여놓자 갑자기 노아의 태도가 어색해졌다. 노아의 눈이 휘둥그레졌다. 나도 안으로 들어가고 나서야 노아가 왜 그랬는지 이해할 수 있었다.

"안녕, 내가 노아 고모란다! 그래, 너희가 그 아이들이구나. 노아가 그렇게 이야기하던 보물 탐험대란 말이지!"

토마와 나는 어깨를 으쓱했다. 노아의 고모는 우리 쪽으로 몸을 낮추고는 큰 눈으로 우리를 뚫어져라 쳐다봤다. 마치 우리 생각을 읽어내려고 하는 것 같았다. 나는 어깨에 아직 배낭이 잘 걸려 있는지 확인이라도 하 듯 반사적으로 배낭끈을 움켜쥐었다.

"너희 유튜브 채널이 아주 인기가 좋다고 노아가 이 야기해 줬단다. 너희가 '괴상한 저택'을 주제로 삼아서 영상을 만들고 싶어 한다는 이야기도 들었어. 정말 훌륭 한 아이디어라고 생각했지!"

노아의 고모는 마저 말을 이어갔다.

"그렇지만 한 가지 알아 둘 게 있어. 이 놀이기구를 공 식적으로 선보이기 전에는 그 어떤 것도 밖에 흘러 나 가서는 안 된단다. 사진을 찍어서도 안 되고, 카밀리아 가 설명해 줄 내용 가운데 한마디도 외부에 전달해서 는 안 돼. 잘 알았니?"

"네, 고모님."

우리는 어린 병사들처럼 입을 맞춰 대답했다.

위협적으로 보이기까지 했던 노아 고모의 얼굴이 갑 자기 상냥하게 바뀌며 미소가 감돌았다. 카밀리아는 견 학을 마저 이어갔고, 손을 둥글게 돌리면서 우리가 조금 전 들어온 공간을 가리켰다.

"여기는 '괴상한 저택'에 들어가기 전 단계라고 할 수 있어요. 말하자면 대기실이죠."

카밀리아는 긴 카운터 쪽으로 향했고, 우리는 느린 발걸음으로 그 뒤를 따라갔다. 실마리를 찾을 수 있지 않을까 싶은 마음에 우리는 구석구석을 살폈다. 카밀리아는 벽을 따라 길게 늘어서 있는 안내 데스크를 보여 주며 말했다.

"여기는 처음에 나오는 수수께끼를 풀어 낸 후보자들을 맞이하는 공간이에요. 후보자들은 여기서 '두 번째 책'을 받게 되죠. 그러면 저택 안으로 들어갔을 때 수수께끼를 풀 수 있어요."

카밀리아는 한 손을 턱에다 갖다 대며 말했다.

"그나저나 생각해 보니 제가 보물 찾기를 어떻게 진행하는지는 설명해 줬던가요?"

모두들 말없이 고개를 저었다. 카밀리아는 미소를 짓고는 키 작은 탁자 주변에 둥그렇게 놓아둔 안락의자에 편하게 앉으라고 권했다. 안내 데스크 한가운데에는 커다란 저택 모형이 정사각형 받침 위에 놓여 있었다. 무척 사실적인 모형이어서 조그만 인간들이 튀어나와서 그 안으로 들어갈 것만 같았다. 모형 바로 아래에 있는 작은 판 위에는 우리가 이미 잘 알고 있는 로고가 그려져 있었다. 책 문서에 그려진 것과 똑같은 로고였는데, 이런 말이 함께 새겨져 있었다.

괴상한 저택(원본)

카밀리아가 차분하게 말했다.

"자, 어드벤처 파크가 공동으로 진행하는 이 보물 찾기는 독창적인 방식으로 진행돼요. 개장 준비를 모두 끝마치면 수수께끼가 담긴 첫 번째 책을 출판해서 프랑스에 있는 모든 서점에 배포할 겁니다. 만약 보물 찾기 후보자들이 책 속의 수수께끼를 해독하면 바로 이곳으로 오게 돼요. 그러면 훨씬 더 어려운 두 번째 파트가 시작될 거예요. 보물 찾기 참가자들은 각자 수수께끼가 담긴 첫 번째 책과 대답을 내놓아야 하고, 그러면 자동으로 명부에 등록이 돼서 다음 단계를 진행할 수 있어요."

카밀리아는 모형 쪽으로 한 발짝 다가가더니 손가락으로 괴상한 저택의 현관문을 가리켰다.

"그러면 참가자는 아까 말했던 것처럼 저택에 들어갈

때 필요한 두 번째 책을 받게 됩니다. 그리고 이어지는 수수께끼를 해결하며 방을 하나하나 통과하죠. 보물에 도착할 때까지요."

"저택이 벌써 작동을 하고 있나요?"

토마가 물었다.

"그럼요. 일꾼들은 단순히 내부와 외관을 꾸미는 일만 마무리 짓고 있죠. 그렇지만 방 한 칸 한 칸은 발명가의 계획에 따라 아주 비밀스럽게 만들어졌어요. 보물을 찾는 사람들에게는 더할 나위 없이 즐거운 경험일 겁니다."

카밀리아는 활짝 미소를 지으며 말을 맺었다.

토마가 고개를 숙이고는 신발 끈을 묶는 척을 했다. 그러고는 내게 몰래 "쉬잇"이라고 신호를 보냈고, 나는 토마를 그대로 흉내 냈다.

"너도 혹시 나랑 똑같은 생각해?"

토마가 내 귀에 대고 속삭였다.

"두 번째 책 말이야……?"

내가 말했다.

"맞아! 두 번째 책 내용을 알고 있는 게 세상에서 우리

밖에 없다는 거 너도 알았어? 저택 안의 수수께끼를 해결할 수 있는 건 우리뿐이라고!"

차디찬 소름이 등을 타고 흘렀다.

# 13장

—

견학 내내 느낀 감정들이 너무나 강렬해서 집중하느라
애를 쓴 나머지 진이 빠질 수밖에 없었다. 노아와 토마
도 신경이 예민해져 있는 게 눈에 보였다. 다행히 놀이
공원이 문을 닫기 전까지 시간이 많이 남아 있어서 우
리는 마침내 놀이기구 대부분을 타 볼 수가 있었다. 한
껏 소리를 지르며 하루 종일 느꼈던 긴장을 털어 보냈
다. 우리 스스로도 무섭다 싶을 정도로 엄청나게 웃어댔
는데, 그런 순간에 나는 내가 아이여서 행복하다는 사
실을 깨달았다. 너무 빨리 자라고 싶지 않았다. 설령 아
망다가 내가 너무 어린애 같다고 생각하더라도 하는 수
없었다. 노아는 아빠를 떠나보내는 충격적인 일을 겪었

으니 분명 너무 금방 자라버렸을 테다. 이제 겨우 열세 살짜리일 뿐인 노아의 머릿속에는 수많은 생각들이 끊임없이 소용돌이칠 수밖에 없을 것이다. 레위니옹에 있는 가족들과 다시 만날 수 있을 만큼 충분한 돈을 되찾겠다는 희망을 품고 이 보물 찾기 문제를 해결하려는 것만 봐도 충분히 알 수가 있었다. 이게 과연 아이가 할 만한 일이라고 할 수 있을까? 아무튼 친구들과 나는 노아가 이 탐험을 끝까지 이어갈 수 있도록 돕고 싶어서 여기에 왔다. 그래서 이 모든 일이 끝나고, 모든 게 제자리로 돌아가고 나면 노아가 어린아이로 되돌아갈 수 있으면 좋겠다.

노아의 고모는 윈저 호텔 아래쪽에서 우리를 기다리고 있었다. 윈저 호텔은 오래전 영국의 학교 건물 같은 건축 양식으로 지어진, 놀이공원 한가운데 자리 잡은 엄청나게 호화로운 건물이었다.

"정말 진심으로 고마워요."

디안느 아주머니가 노아의 고모를 끌어안으며 말했다.

"노아도, 자네도 우리 집에 몇 달 동안 틀어박혀 있었으니 조금은 쉬어야 한다고 생각해. 로열 스위트룸을 잡아 두었으니 방 세 개를 나눠 쓸 수 있을 거야. 놀이공원 안에 있는 제일 큰 호수를 탁 트인 전망으로 볼 수 있고, 야간 퍼레이드도 바로 옆에서 볼 수 있어."

"감사합니다, 고모님."

토마가 활짝 웃으며 말했다.

"뭘 이런 걸로, 꼬마 신사님. 노아도 친구들과 즐거운 시간을 보내야 한다고 생각한단다. 너희들도 환영이야!"

나는 노아의 고모를 물끄러미 쳐다봤다. 눈빛을 보면 진심 같았다. 노아의 고모가 연기를 하는 걸까? 대체 어떤 이유가 있어서 알지도 못하는 아이들 두 명을 놀이공원에서 제일 비싸고 제일 좋은 호텔에 초대하기까지 한 걸까? 자신보다 앞서나가고 있을 거라고 의심해서 우리를 감시하려고 그러는 걸까? 아무튼 우리 임무를 끝까시 이어 나가는 것밖에는 방법이 없었다. 설령 그러다 제 발로 덫에 걸어 들어간다고 해도 하는 수 없었다.

노아의 고모가 자리를 뜨고 난 뒤, 우리는 호텔 방에 짐을 두러 올라갔다. 장식이 아주 호화로워서 꼭 성 안에 들어온 기분이 들었다. 쇠시리로 장식한 천장에는 커다란 샹들리에가 매달려 있었고, 나무로 만든 가구에는 빛나는 금박이 둘러져 있었다. 토마와 나는 긴 실로 만든 동그란 카펫 양쪽으로 커다란 침대 두 개가 나란히 놓인 방에 짐을 풀었다. 침대 안으로 뛰어드니 두터운 이불이 숨이 막힐 정도로 푹신하게 온몸을 감쌌다. 나는 다시 아망다를 떠올리며 이 모든 걸 봤더라면 아망다도 눈을 빛냈을 거라 생각했다.

나는 토마에게 제안했다.

"우리, 아망다한테 보내 줄 간단한 셀카 찍자."

토마는 그러자고 하면서 내 곁에 찰싹 붙어 휴대폰을 쥔 팔을 쭉 뻗었다.

놀이공원이 폐장하기 직전까지 불을 밝힌 화려한 전차가 길을 따라 쭉 행진하는 퍼레이드를 보고 나서 우리는 맛있는 햄버거를 먹으러 호텔 식당에 갔다. 디안느 아주머니는 노아의 아빠가 아들이 아직 태어나기도 전에 만들었던 수수께끼와 보물 찾기 이야기를 들려주셨다. 노아의 아빠를 떠올릴 때면 추억에 젖은 디안느 아주머니의 눈에 작은 불꽃이 일어나는 걸 볼 수 있었다. 그 환한 미소를 보니 아주머니가 겪었던 행복한 순간들을 조금이나마 알 것 같았다. 식사 시간 동안 노아, 토마 그리고 나는 괴상한 저택, 책, 임무 이야기를 참아야 했다. 모두 긴장한 기색이 역력했다. 이 다음에 무엇을 해야 할지 결정해야 한다는 생각에 불안해 보였다. 나는 이 일이 어떻게 흘러갈지 감도 잡히지 않았다.

손님들이 하나둘 식당을 떠나는 가운데 우리도 디저트를 먹고 호텔 스위트룸로 돌아왔다. 디안느 아주머니는 우리에게 잘 자라는 인사를 했다. 아주머니가 시야에서 사라질 때까지 기다리다가 노아에게 슬쩍 눈짓을 하자 노아는 고개를 끄덕였다. 나는 창밖을 살펴본 뒤 방 커튼을 쳤다. 폐장한 놀이공원의 화려했던 불빛은 이제 보이지 않았고, 놀이기구들은 해골을 묻은 무덤처럼 보였다. 두터운 밤의 장막이 고요한 놀이공원을 조금씩 조금씩 덮고 있었다.

잠시 시간이 흐르고 내 휴대폰에 알림음이 울렸다.

토마에게 휴대폰을 보여 줬다.

"노아가 보낸 메시지야."

내가 말했다.

노아는 자기 엄마가 완전히 잠들 때까지 기다렸다가 우리 방으로 오겠다고 했다. 그렇지만 일단은 메시지를 나누면서 계획을 세웠으면 좋겠다고 했다. 토마는 내 침대로 와서 곁에 앉았다.

나는 토마를 쳐다보며 물었다.

"너 무슨 계획 있어?"

토마가 잠시 아무 말이 없다가 입을 열었다.

"뭘 해야 하는지는 모두 다 알고 있는데, 차마 입 밖으로 꺼내지 못하는 게 아닌가 싶어."

"책을 가지고 '괴상한 저택'으로 가서 수수께끼를 풀어보는 거 말야?"

나는 말도 안 되는 이야기라는 것처럼 말했다.

토마는 확신을 품은 것처럼 고개를 천천히 끄덕였지만 토마의 얼굴에서 걱정스러운 기색을 읽을 수 있었다. 나는 굳게 결심하고 노아에게 메시지를 보냈다.

괴상한 저택에 가 봐야겠어.

거기를, 지금? 한밤중에?

  나는 노아의 답장을 토마에게 보여 줬고, 토마는 그
렇다는 뜻으로 다시 한 번 고개를 끄덕였다.
  자판 위에서 손가락이 떨렸다.

응, 오늘 밤에 가야 해!

# 14장

—

노아가 우리 방으로 오자 심장이 세차게 쿵쿵거렸다. 우리가 하려는 일을 떠올릴 때마다 신경은 점점 날카로워졌고, 그와 동시에 한 번도 겪어 보지 못했던 강렬한 흥분이 뒤섞였다. 상반된 감정이 희한하게 교차하고 있었다. 어쩌면 이런 게 '위험천만한 일의 묘미'라는 걸지도 모르겠다.

"준비 됐어?"

내가 노아에게 속삭였다.

최대한 조심스럽게 행동해야 한다는 생각에 노아는 그저 고개만 끄덕이며 그렇다고 답했다.

"엄마는 주무셔?"

노아가 결국은 속삭이며 대답했다.

"아주 푹 잠드셨어. 우리 엄마는 수면제를 드시니까 내일 아침이나 돼야 일어나실 거야."

나는 토마를 쳐다봤다. 토마는 잽싸게 윗옷을 여미며 노아에게 고갯짓을 했다. 내게도 윙크와 함께 고갯짓을 했다. 우리는 준비를 모두 마쳤다. 나는 얼굴을 붉히지 않으려고 그리고 사실 마음 깊은 곳에서는 조금 겁이 난다는 사실을 들키지 않으려고 갖은 노력을 기울였다. 임무를 수행하러 떠나는 군인처럼 마침내 나는 팔을 치켜들었고, 아무 말 없이 몸짓으로 친구들에게 나를 따라오라고 신호를 보냈다.

처음 작전은 비교적 쉬웠다. 프런트에 있는 직원에게 들키지 않고 로비를 지나갈 만한 알맞은 때가 될 때까지 기다리기만 하면 됐다. 직원은 프런트와 뒷방 사이를 끊임없이 왔다 갔다 했고, 적절한 때가 찾아올 때까지 그리 오래 기다릴 필요는 없었다.

밖으로 나서니 더운 산들바람이 일었다. 고요한 밤의 냄새가 바람에 실려 왔다. 노아는 지도를 꺼내들었다. 우리는 종종걸음으로 노아를 뒤따라갔다.

윈저 호텔이 놀이공원 한가운데에 자리 잡은 유일한 호텔이라는 사실은 큰 장점이었다. 그래서 호텔 방이 그렇게나 비쌌던 것이다. 우리가 한밤중에 놀이공원에 몰래 침입할 필요도 없었다. 솔직히 이야기하자면 그건 불가능했을 것이다. 유일하지만 결코 사소하지 않은 문제는 바로 보안 요원에게 걸리면 안 된다는 점이었다……. 카메라에 잡혀서도 안 됐다. 우리는 가져온 옷 가운데 제일 어두운 색 옷을 골라 입고, 가능한 한 풀밭으로 숨어서 지나갔다. 길 가장자리에 심어 둔 덤불 속으로 들어가, 나무 사이로 지그재그를 그리며 갔다.

아무런 소리도 내지 않고 비밀스럽게 걸어가 우리는 '괴상한 저택' 출입구를 막고 있는 나무로 만든 큰 울타리 앞에 도착했다. 체인과 자물쇠로 잠가 둔 커다란 문짝 두 개가 견고하게 버티고 있었다.

내가 한숨을 내쉬며 말했다.

"체인을 끊을 만한 도구는 아무것도 없네……. 혹시 자물쇠 여는 법 아는 사람?"

대답 대신 노아가 한 발짝 앞으로 나섰다. 그리고 문짝 두 개 사이 틈에 손가락을 집어넣고 땅바닥까지 틈을 쭉 훑었다. 그러고는 웅크리고 앉아 온 힘을 다해 문짝을 잡아당기자 문짝이 살짝 뒤틀렸다. 금속이 부딪히는 소리와 함께 사슬이 팽팽해졌다. 그렇게 폭이 십 센티미터쯤 되는 공간이 생겨났다. 우리 셋이서 힘을 합친다면 슬쩍 들어갈 수 있을 만한 틈을 만들 수 있을 것 같았다. 짜릿했다. 나는 얼른 노아를 도우며, 토마에게 열린 틈에 끼워 둘 만한 단단한 것을 찾아와 달라고 부탁했다.

잠시 후 토마가 금속으로 만든 커다랗고 평평한 물건을 가지고 돌아왔다. 쓰레기통 뚜껑이었다. '이만하면 딱이겠네'라는 생각이 들었다. 토마는 우리 근처에다 쓰레기통 뚜껑을 내려놓고, 이번에는 자기가 나무로 만든 문짝을 붙잡았다. 우리는 힘이 다 빠질 때까지 문짝을 잡아당겼다. 땅 위에 신발이 끌렸다. 토마가 팔을 뻗어 뚜껑을 집어 충분히 넓게 벌어진 문짝 틈 사이로 뚜껑을 끼워 넣은 후에야 우리는 붙잡은 손을 풀 수가 있었다.

서둘러야 했다. 문짝이 누르는 힘 때문에 쓰레기통 뚜껑이 벌써 살짝 찌그러지는 모습이 보였다. 나는 주변을 살피고 말했다.

"가자!"

노아가 틈 사이로 들어갔고, 토마가 빠르게 뒤따라갔다. 내가 마지막으로 몸을 던졌다. 심장이 가슴팍을 세차게 두들겼다. 안쪽으로 들어가자마자 나는 문을 잡아주던 쓰레기통 뚜껑을 발로 찼다. 나무 문은 큰 소리를 내며 다시 닫혔다.

"왜 그랬어?"

토마가 두려움 때문에 일그러진 얼굴로 내게 물었다.

"눈에 너무 잘 띄잖아."

내가 대답했다.

"그럼 나중에 우리 어떻게 빠져나갈 건데?"

"이따 가서 봐야지. 최악의 경우에는 똑같은 방법을 쓰면 돼. 저기서 공사 중이니까 장비나 뭐 비슷한 걸 찾을 수 있을 거야."

설득이 된 건지는 모르겠지만 토마는 짧게 "알았어" 하고 대답하고는 몸을 돌려 노아를 따라갔다. 노아는 벌써 저택을 향해 천천히 걸어가고 있었다.

한밤중에 보니 이 거대한 건물은 우리가 견학하러 왔

을 때보다 훨씬 더 음침해 보였다. 공사장 조명 몇 개와 옛 양식대로 만든 가로등에는 불이 켜져 있었지만 저택 주변 분위기는 우중충했다. 그 안에 들어간다고 생각하니 등줄기를 따라 소름이 돋았다. 저 멀리 있는 오두막에 인부 하나가 이제 막 들어가는 모습이 보였다. 일꾼들이 쉬고 있는 모양이었다. 우리가 딱 알맞게 도착한 것이었다. 조금 숨을 돌릴 수 있었지만 그래도 서둘러야 했다.

우리는 불길한 분위기를 풍기는 저택으로 뛰어갔다. 현관 앞 낮은 계단을 재빠르게 올라간 다음 드디어 문턱에 이르렀다. 조각이 되어 있는 커다랗고 육중한 나무 이중문이 모습을 드러냈다. 철을 제련해서 만든 커다란 금속 손잡이 두 개가 떡하니 달려 있었고, 오른쪽에 있는 작은 검은색 덮개 바로 아래에는 숫자 0부터 9까지 나와 있는 번호 키가 붙어 있었다.

노아는 혹시 모른다는 생각으로 손잡이 두 개를 흔들어 봤지만 그 무엇도 꼼짝하지 않았다. 커다란 문은 단단히 잠겨 있었다. 보아하니 문을 여는 유일한 방법은 알맞은 비밀번호를 입력하는 것뿐인 듯했다.

나는 배낭에서 책을 꺼내 두 번째 부분이 시작하는 곳을 펼쳤다. 하얀색 종이 한가운데에 알 수 없는 기호가 쓰여 있었다. 어떤 글도 없었다.

책을 둘러싸고 첫 번째 수수께끼를 꼼꼼히 뜯어봤지만 소득은 없었다. 우리는 새로운 단서를 찾아서 주위를 꼼꼼히 살펴보기로 했다. 노아는 쭈그리고 앉아서 바닥과 문 사이에 난 틈을 들여다보려 했지만 실패했다. 토마는 나무로 만든 조각에 코를 바싹 붙이고 손가락으로 조각을 훑었다. 나는 책을 활짝 펼치고 건물 외곽을 따라 걸으며 뭐라도 우리를 이끌어 줄 만한 게 없을까 찾아봤다.

토마가 갑자기 나를 불렀다.

"올리! 그 책 이리로 갖고 와 봐."

나는 토마에게 다가갔다. 토마는 아무 말 없이 문짝에 새겨져 있는 기호 네 개를 가리켰다. 문서에 있는 기호와 조금 비슷했지만 완전히 똑같지는 않았다.

노아가 우리 쪽으로 왔다. 우리는 정체를 알 수 없는 무언가 앞에 선 호기심 많은 동물처럼 멍하니 있었다.

갑자기 노아가 침묵을 깨뜨렸다.

"이 기호들 사이 간격이 종이 위에 있는 기호의 간격이랑 딱 맞아떨어지는데……."

노아가 방금 한 말을 듣자 수수께끼의 원리가 갑자기 머릿속에 펼쳐졌다. 신나는 기분이 파도처럼 온몸을 덮쳤고, 얼굴은 환한 미소로 밝아졌다. 나는 책의 페이지를 단박에 찢고는 그게 마치 세상에서 제일 연약한 물건이기라도 한 것처럼 문에다 종이를 천천히 가져다 댔다. 그리고 조심스레 기호의 가장자리를 따라 종이를 접고 나무에 새겨진 자국 바로 아래에다 종이를 갖다 댔다.

우리는 깜짝 놀라 눈을 크게 뜨고 입을 떡 벌렸다. 우리 앞에 숫자 네 개가 모습을 드러낸 것이다. 바로 비밀번호 네 자리 숫자였다.

토마가 떨리는 손으로 이 숫자를 번호키에 입력하자 곧바로 문이 커다란 소리를 내며 열렸다. 우리는 모두 그 소리에 놀라 소스라쳤다.

# 15장

—

노아는 단 한시도 기다리지 않고 서둘러 안으로 들어갔
다. 나는 토마를 쳐다봤다. 토마는 어깨를 으쓱하고 활
짝 미소를 짓더니, 이번에는 자기가 커다란 문 저편으로
모습을 감췄다. 나는 다리가 떨리기 시작했다. 떨림을
가라앉히려고 무릎에 힘을 꽉 줬다. 숨을 크게 들이마시
고 한 발을 앞으로 디뎠다. 괴상한 저택 안으로 내딛는
첫 발이었다.

　우리가 안으로 들어가고 나니 육중한 문이 우리 뒤에
서 소리를 내며 저절로 닫혔다. 실내에는 단숨에 불이
켜졌다. 커다란 홀이 길게 뻗어 있었고, 그 끄트머리에
금속으로 만든 문이 보였다.

갑자기 어마어마한 기계 소리가 침묵을 깨트렸다. 그리고 벽 너머와 연결된 수많은 파이프에서 물이 흘러나오기 시작했다. 그 아래에 벽을 따라 놓인 돌로 된 커다란 물통이 천천히 차올랐다. 토마는 저 안쪽에 있는 이상한 장치 쪽으로 몇 걸음 걸어갔다. 그 당시 우리가 보기에는 단순한 콘크리트 덩어리였는데, 출구 바로 옆 바닥에 기둥처럼 솟아나와 있었다.

"문에 손잡이가 없어."

노아가 우리에게 알려 줬다.

우리의 시선은 견고하고 육중해 보이는 금속 표면으로 향했다. 그리고 출구를 열 만한 방법이 하나도 보이지 않는다는 사실을 확인했다. 토마가 시멘트로 만든 기둥 받침으로 다가갔다. 토마 키의 절반쯤 되는 받침이었는데, 토마가 그 위에다 손을 올리자 받침이 살짝 안으로 들어갔다. 이 받침에는 장치가 숨어 있었다. 토마가 받침을 다시 끄집어내자 받침은 용수철에 밀리기라도 한 것처럼 원래 자리로 되돌아왔다.

방 안의 공기가 훨씬 서늘해진 게 느껴졌다. 나는 주변을 둘러봤다. 파이프에서 쏟아진 물이 담긴 물통 두 개는 이제 물이 꽉 차 있었고, 정육면체 모양의 투명한 플라스틱 용기 두 개가 물 위에 떠다니는 게 보였다. 플라스틱 용기들은 물이 뿜어져 나오며 만들어 낸 소용돌이 속에서 종이배처럼 흔들거렸다.

"책에 뭐라고 나와 있어?"

토마가 내게 다가오며 물었다.

나는 책을 열고 우리가 읽다 말았던 부분을 폈다. 그리고 큰 소리를 내어 읽었다.

"5와 3으로 어떻게 4를 만들 것인가? 모든 것은 우리 행동의 무게에 달려 있다."

이 새로운 수수께끼의 의미를 이해하려고 시도하는 동안 노아가 오른편에 있는 용기 두 개가 떠다니는 물통으로 다가갔다. 노아는 조금 더 큰 용기를 집어 들고 살펴본 다음 더 작은 용기도 똑같이 살펴봤다..

노아가 우리에게 말했다.

"용기에 새겨진 기호를 보니까 하나는 5리터짜리 용기고 다른 건 3리터짜리 용기인 모양이야."

나는 책에 나와 있는 글귀를 여러 번 다시 읽었다. 그리고 책을 덮고 콘크리트 받침으로 다가갔다. 내가 조금 전에 있던 자리에서는 안 보였는데, 받침에 그림 기호가 새겨져 있었다. 물결 기호를 하나하나 겹쳐 그린 모양이었다.

"여기에도 기호가 있어! 파도처럼 생겼는데……."

내가 두 친구에게 말했다.

노아가 외쳤다.

"용기에 그려진 모양이랑 똑같아! 큰 용기에는 파도가 다섯 개 있고, 작은 용기에는 세 개 있어……. 분명 몇 리터인지를 뜻하는 게 아닐까? 안 그래?"

내가 소리를 질렀다!

"그야 당연하지! '우리 행동의 무게'라고 수수께끼에

서 그랬잖아! 여기 있는 것들을 가지고 물 4리터짜리를 만드는 방법을 찾아내야 해."

"찾고 나면 어떻게 하면 되는데?"

토마가 물었다.

나는 머리를 긁적이고는 책을 콘크리트 받침 위에 올려두었다. 받침이 눌리자 톱니바퀴 장치가 내는 낮은 소리가 울렸다. 그러고는 곧 멎었다. 책을 콘크리트 받침에서 내리자 받침이 위로 올라오면서 또 한 번 톱니바퀴가 내는 기계 소리가 들렸다.

내가 활짝 웃으며 말했다.

"이거 저울이네! 통에다 물 4리터를 채우는 데 성공하면 그 통을 여기에 올리자……. 그러면 분명 문이 열릴 거야."

"한시도 지체하면 안 돼!"

토마가 이렇게 이야기하며 이미 용기에다 물을 채우고 있던 노아에게 합세했다. 이 문제를 해결하려고 머리를 한껏 쥐어짜내며 나도 거들었다.

내가 말했다.

"논리적으로 해결해 보자. 물 4리터를 5리터짜리 용

기에다 채워야 할 거라는 사실은 이미 알고 있지."

3리터짜리가 아니라 5리터짜리 용기에 물을 담아야 한다는 점은 납득이 갔다. 최대 3리터까지 담을 수 있는 용기에다 물 4리터를 담는 일은 불가능했으니까. 내가 생각을 끝내자마자 노아는 이미 작은 용기에 물을 채워서 큰 용기에다 부었다.

"그러면 벌써 3리터가 채워졌어."

내가 용기에 담긴 물을 가리키며 말했다.

"그러면 1리터만 더 부으면 딱인 거네."

토마가 말했다.

"맞아, 그렇지만 대체 어떻게 하지?"

내가 물었다.

"3리터짜리 용기를 3분의 1만 채우면 되지. 눈대중으로 하면 돼."

마음속 깊은 곳에서 그렇게 쉽게 해결될 리 없다는 기분이 들었다. 계량을 아주 정확하게 해야 할 것만 같았다.

토마는 그래도 시험을 해 보고 싶어 했다. 그래서 5리터짜리 용기에 어림짐작으로 4리터를 채우고 용기를 저울에 올리러 갔다. 판이 내려가고, 기계 소리가 아까보다 훨씬 오랫동안 실내에 울려 퍼졌지만 몇 초가 흐른 뒤에도 아무 일도 일어나지 않았다.

"내가 보기에는 아주 정확해야 해. 1밀리리터도 모자라거나 넘치지 않게 물 4리터를 만드는 방법을 찾아야 해."

토마는 분해 보였다. 우리는 용기에 든 물을 물통에다 비웠다.

"생각을 해 봐야 해."

내가 차분하게 말했다.

"웃기는 소리 마. 생각만 한다고 될 일이겠어!"

토마가 반박했다.

"3리터짜리 용기를 채우고 그 물을 큰 용기에다 붓는다면 그후 정확히 1리터를 계량하는 방법을 찾아내야 한다는 점이 문제야……. 그건 우리가 가진 3리터짜리 용기로는 불가능해."

"어쩌면 가능할 수도 있지."

토마가 말했다.

"어쩌면 또 다른 방법은 5리터짜리 용기를 채운 다음

에 그 물을 작은 용기에다 옮겨 담는 거겠지. 그러면 큰 용기에는 2리터가 남고, 나머지 작은 용기에는 3리터가 꽉 찰 거야."

"거기서 더 나아갈 수가 없다니까! 4리터가 되려면 정확히 2리터를 더 부어야 하는데, 3리터짜리 용기만 가지고 그걸 어떻게 할 수가 있겠어?"

토마 말이 틀리진 않았다. 그렇지만 이 방향으로 계속 나아가야 한다는 직감이 들었다.

내가 지시하는 내용대로 노아가 행동에 옮겼다. 이제 노아는 내 지시만을 기다리는 것 같았다.

내가 말했다.

"노아야, 작은 용기에 들어 있는 물을 다시 물통에다 비우고, 커다란 용기에 들어 있는 2리터를 작은 용기에 옮겨 봐."

노아가 행동에 나섰다. 그때 내게 해결책이 떠올랐다. 어떻게 하면 답을 구할 수 있을지 이제야 이해가 됐다. 나는 잔뜩 신이 나서 말했다.

"이제 5리터짜리 큰 용기에다 물을 가득 채우고 거기서 정확히 1리터만 빼면 4리터를 얻을 수 있겠지. 그렇지?"

두 사람이 똑같이 고개를 끄덕였다. 내가 이야기를 이어갔다.

"짐작이 가? 3리터짜리 작은 용기에 이미 물이 2리터가 차 있으니까, 이제는 작은 용기가 꽉 찰 때까지 5리터짜리 용기에서 물을 1리터만 부으면 돼."

노아가 환한 얼굴로 소리쳤다.

"맞네! 5리터짜리 물이 가득 찬 용기에서 물을 1리터 덜어내면 남는 건……."

"4리터야!"

우리가 한 목소리로 외쳤다.

노아가 그대로 물을 옮긴 다음 저울로 다가갔다. 그리고 엄숙하다시피 한 몸짓으로 용기를 콘크리트 판 위에 올려두었다. 우리는 모두 숨을 멈췄다. 장치가 움직이기 시작했다. 톱니바퀴가 내는 소리가 다시 들렸다. 그렇지만 이번에는 기계장치가 움직이는 소리도 함께 들렸다. 새로운 방으로 향하는 문이 열렸다.

# 16장

—

우리는 벌렁거리는 심장을 부여잡고 이어지는 방으로 서둘러 갔다. 그 방은 전부 돌로 되어 있었다. 시간을 뛰어넘어 중세 시대 성 안에 들어온 기분이 들었다. 벽에는 전투 장면을 표현한 커다란 스테인드글라스가 달려 있었다. 그리고 방 안쪽, 묵직한 나무로 만든 무거운 문 옆에는 갑옷을 입은 기사 조각상이 서 있었다. 조각상은 무시무시했다. 투구의 철망 너머로 붉은 두 눈이 빛났다.

토마가 조각상 쪽으로 가며 말했다.

"책에 뭐라고 나와 있어, 올리?"

나는 조금 전 풀었던 수수께끼를 펼쳐서 페이지를 넘

겼다. 이 책이 우리를 위해 준비해 둔 내용을 확인하자 심장이 한순간 멎는 듯했다. 책에는 아무것도 없었다. 완전히 빈 페이지가 두 장이었다. 노아가 내게 다가와 직접 확인하고는 아무 말 없이 나를 쳐다봤다. 나는 또 한 번 페이지를 넘겼다. 그리고 이어지는 글이 보였다.

만약 아직도 기사를 통과하지 못했다면
더 먼 곳을 찾아보지는 마라.

"무슨 뜻일까?"

노아가 혼잣말처럼 작게 속삭였다.

내가 대답했다.

"빈 종이 두 장이 이 방의 수수께끼라는 말이겠지. 어쩌면 이걸 이용해서 뭔가를 적어야 하는지도 몰라…….
적을 만한 걸 찾아보자!"

나는 책을 덮고 방 안을 살펴보려고 왼편으로 한 발짝 옮겼다. 노아는 오른쪽으로 나섰다. 몇 미터 떨어진 곳에서는 토마가 팔을 뻗어 차가운 금속 갑옷 위에 손을 올렸다. 그러자 기사의 위협적인 눈이 훨씬 더 강하

게 빛나더니 갑자기 기사의 입에서 낮고 깊은 목소리가
튀어나왔다.

"7!"

나는 토마가 있는 조각상 쪽으로 향했다. 그리고 왼
쪽 문설주에 있는 번호키를 확인했다. 저택 입구에 있던
것과 똑같았다. 나는 검지를 천천히 내밀어 숫자 7을 눌
렀다. 몇 초가 흐르고, 천둥이 울려퍼지는 듯한 요란한
소리가 고막을 찔렀다. 방 안의 조명은 최면이라도 거는
것처럼 깜박거렸다. 우리는 소리를 지르고 손으로 귀를
막으며 바닥에 엎드렸다. 기사 조각상이 요동쳤고, 벽은
꼭 무너지려는 것처럼 흔들렸다. 정말로 지진이 난 줄
알았다. 끔찍했다! 노아는 눈을 감은 채 비명을 질렀고,
토마와 나는 걱정스러운 표정을 지었다. 내가 어마어마
한 실수를 저질렀던 것이다. 우리는 그 대가를 치르고
있었다.

그러고는 모든 게 멈췄다. 방에는 조명이 다시 켜지
고, 기사는 움직임을 멈춘 후 처음 자세로 돌아갔다. 불
그스름한 눈은 작아지고, 다시 잠잠해졌다. 몇 초 뒤, 굵
은 목소리가 방 안에 다시 울려퍼졌다.

"5!"

토마와 나는 몸을 일으키고 동시에 고개를 저었다. 메시지는 분명했다. 수수께끼를 푼 것이 아닌 이상 번호 키는 건드리지 말아야 했다.

노아가 방 한가운데 있는 우리에게로 왔다. 우리는 계획을 세웠다. 벽과 바닥을 하나하나 살펴봐야 했다. 그리고 뭔가 발견하는 사람은 다른 사람들에게 알리기로 했다. 이 규칙은 엄격하게 지켜야 했다. 눈으로 보기만 해야 하고, 다른 사람들을 기다려야 했다.

십 분은 족히 흐른 뒤 처음으로 실마리를 발견한 건 노아였다. 노아가 공중으로 손을 들고는 우리를 불렀다. 노아 앞에는 어떤 장치가 있었다. 윤이 나는 돌로 만든 버튼과 커다란 금속 바늘로 이뤄진 장치였다. 바늘은 벽에 새겨진 태양 모양 기호를 가리키고 있었다. 오른쪽으로 몇 센티미터 떨어진 자리에는 반달 모양의 또 다른 그림 기호가 새겨져 있었다. 버튼을 돌리면 쇠로 만든 바늘 끄트머리가 달 기호를 가리킬 수 있도록 할 수 있는 건 확실했지만 앞서 기사와 겪었던 일 때문에 우리의 열정에 제동이 걸렸다.

"어떻게 하지?"

토마가 물었다.

내가 어깨를 으쓱하며 대답했다.

"이걸 움직이기는 해야겠지."

노아가 말했다.

"어쩌면 알맞은 때가 될 때까지 기다려야 하는 걸까? 기사가 말을 하는 게 어쩌면 카운트다운일 수도 있잖아."

우리는 동시에 조각상을 바라봤다. 잠시 후 커다란 목소리가 울려 퍼졌다.

"10!"

"기사가 바로 전에는 뭐라고 했었지?"

토마가 물었다.

"5였어."

내가 대답했다.

안타깝게도 노아의 가설을 반박하는 증거였다. 기사의 목소리가 카운트다운이 아니라는 사실은 분명해졌다. 이 버튼을 돌려서 어떤 일이 일어나는지 봐야 했다.

또 실수를 한다고 해도 할 수 없었다⋯⋯.

내 생각을 읽기라도 한 것처럼 노아가 그 장치를 향해 천천히 팔을 뻗었다. 그리고 진지한 눈빛으로 나를 쳐다봤다. 나는 재빠르게 눈을 감고 아무 말 없이 고개를 끄덕였다.

노아가 돌로 만든 버튼을 오른쪽으로 돌리자 돌이 가볍게 마찰하는 소리를 냈다. 금속 바늘의 *끄트머리*는 반달 모양 기호를 가리키게 됐다. 우리는 모두 일순간 숨을 멈췄다. 그리고 곧 어떤 일이 벌어지는지 알게 되었다.

방 안에 있는 불이 모두 동시에 꺼졌다. 우리는 완전한 어둠에 잠겼다. '거의' 완전한 어둠에 말이다. 잘 살펴보니 우리 위쪽에 있는 창문을 통해서 미약한 푸른빛이 들어왔다. 노아가 미소를 짓자 노아의 이가 형광이 감도는 하얀색으로 빛났다. 마치 유령같았다.

"블랙라이트야!"

토마가 외쳤다.

생물 수업 시간에 이런 빛을 써서 맨눈으로는 볼 수 없는 것들을 봤던 일이 떠올랐다. 그러자 갑자기 아이디어가 떠올랐다. 나는 문서를 펼쳐서 빈 페이지 두 장을 모두가 보는 앞에 드러냈다. 이제는 더 이상 백지가 아니었다. 블랙라이트가 글과 함께 스테인드글라스에 그려진 기사들을 표현한 그림을 보여 줬다.

## 기사 조합

비밀 기사 조합은 모두에게 열려 있는 곳이 아니다.

비밀 기사 조합의 일원은 집회에 참석하는 데

필요한 옛날부터 전해 내려오는 암호를 알고 있다.

겉보기에는 단순한 암호일지도 모르나 식견이 있고

교리를 전수받은 자만이 문을 열고

다른 이들을 만날 수가 있다.

문지기가 "12"라고 말하면, 진정한 기사는 "5"라고

말하며 문을 통과할 수가 있다.

문지기가 "1"이라고 말하면, 진정한 기사는 "2"라고

말하며 문을 통과할 수가 있다.

귀를 기울여라. 실수하지 마라.

진정한 기사만이 비밀을 알고 있다.

"무슨 말인지 전혀 모르겠어."

토마가 말했다.

"이 글 덕분에 동상이 12나 1이라고 하면 번호키에 5나 2를 입력해야 한다는 건 알 수 있겠네. 이것만 해도 벌써 나쁘진 않은걸."

노아가 딱 잘라 말했다.

내가 답했다.

"아마 그런 일은 절대 없을 것 같아. 그러면 너무 쉽잖아. 집중해서 암호를 해독하는 편이 나을 거야. 벌써 실마리는 두 개가 있으니까."

토마가 말을 이어갔다.

"논리적으로 이어지는 걸지도 몰라. 어떻게 12에서 5로, 그리고 1에서 2로 연결된다는 거지?"

"일 년 중에 있는 달 개수랑 관련이 있는 걸까? 열두 달이 있으니까……."

토마가 그 아이디어는 이미 접었다는 듯이 고개를 저었다. 그렇지만 내 마음속 깊은 곳에서는 그걸 계속 파고 들어가야 한다는 목소리가 들렸다.

내가 말했다.

"잠깐만, 나쁘지 않아. 숫자 12라면 이게 가리키는
건……."

"12월이야!"

노아가 끼어들었다.

"그렇다면 5는 5월일 텐데. 왜 12월과 5월을 연관 짓
는 걸까? 만약에 이 논리를 따른다면 1월은 2월과 연관
이 되는 거고……. 이상하지 않아?"

노아가 공중으로 팔을 들어 올리며 말했다.

"난 모르겠어. 온갖 게 해당할 수가 있잖아. 음절 개
수, 짝수인 날의 개수, 월요일의 개수, 일요일의 개수, 모
음의 수, 자음의 수……."

"잠깐, 잠깐만!"

내가 소리치다시피 말했다.

뇌에 들어 있는 톱니바퀴가 막 움직이려는 걸 느낄
수 있었다. 해결책이 바로 거기에, 마치 우물 깊은 곳 어
딘가에 있어서 톱니바퀴와 연결된 도르래로 천천히 답
을 퍼올리기만 하면 되는 것 같았다. 나는 눈을 찌푸
렸다. 그리고 손가락을 접으며 낮은 목소리로 숫자를
셌다.

내가 외쳤다.

"혹시 글자 수는 아닐까?"

노아가 잽싸게 계산을 해 보고는 단정 짓듯이 말했다.

"12월décembre에는 글자가 여덟 개 들어 있어. 다섯 개가 아니야. 그리고 1월janvier은 확실히 두 개의 글자로 이뤄지지 않았고. 엄밀하게 따지자면 음절은 두 개이긴 한데……."

내가 눈을 크게 뜨며 말을 보탰다.

"아냐, 달 이름에 들어 있는 글자가 아니라 숫자 이름에 들어 있는 글자야! 숫자 12douze에는 글자가 다섯 개 있고, 1un에는 두 개밖에 없잖아!"

노아는 입을 크게 벌렸고, 휘둥그레진 토마의 흰자위는 블랙라이트를 받아 야광처럼 빛났다. 우리는 기사 조각상 가까이로 나아갔다. 그리고 투구에 난 철창 가까이에다 얼굴을 가져다 댔다. 빨간 두 눈을 보니 피가 얼어붙었다.

"4quatre!"

몇 초 뒤 기사가 울부짖었다. 우리는 모두 깜짝 놀라

튀어 올랐다. 번호키와 가장 가까이 서 있던 토마가 우리를 쳐다봤다.

"어떻게 해? 6을 누를까?"

우리는 번호키에서 6을 눌렀다. 잠시 뒤, 벽이 흔들리고 귀가 먹먹해지는 천둥소리가 온 방 안에 울려퍼졌다. 그리고 기사 조각상이 움직이기 시작했다…….

# 17장

—

금속으로 된 육중한 문이 요란한 기계 소리를 내며 열리다가 모든 게 한 순간에 멈춰버렸다. 뒤따라온 침묵 속에서 내 심장이 가슴팍을 두드리며 빠르게 뛰는 소리가 들렸다. 토마가 해냈다는 의미로 주먹을 하늘로 들어 올리고는 활짝 미소를 지었다. 새로운 수수께끼를 또 하나 풀어낸 것이다. 괴상한 저택 안에서 우리는 순조롭게 나아가고 있었다. 이 리듬을 놓쳐서는 안 됐다.

이어지는 방은 오래된 도서관 같았다. 벽을 따라 옆으로 길게 늘어선 선반이 천장까지 쭉 들어차 있었다. 쇠로 만든 커다랗고 폭이 좁은 사다리 두 개가 레일 위에 놓여 있어서 맨 위 책장까지 닿을 수가 있었다. 끝도 없이 많은 책이 벽을 온통 뒤덮고 있었다.

노아, 토마, 나 우리 세 명은 이 방에서 나가려면 이번에는 또 어떤 수수께끼를 풀어야 하는지를 알아보려고 모두 출구 쪽으로 갔다. 그런데 발걸음을 옮길 때마다 바닥이 버스럭거렸다. 자세히 살펴보니 석탄만큼 까만 모래가 바닥을 전부 덮고 있었다. 책장과 똑같이 어두운 나무로 만든 문 바로 옆쪽 벽에는 녹슨 바늘이 달린 낡은 천칭이 고정되어 있었다.

나는 책을 펴들고, 페이지를 넘겨 소리 내어 읽었다.

"233번 책, 56페이지."

노아와 토마는 단 일 초도 기다리지 않고 서둘러 커다란 책장 두 개를 살펴보러 나섰다. 코를 책장에 박다시피 하고는 노아가 외쳤다.

"책들에 번호가 매겨져 있어!"

"순서대로 매겨져 있어?"

내가 물었다.

"응, 이쪽에 있는 제일 아래쪽 선반의 책들은 499번부터 시작해."

"좋아, 그러면 내 쪽에 있겠네."

토마가 소리쳤다.

토마는 고개를 들고는 얇은 사다리를 붙잡아 자기 쪽으로 끌어당겼다. 사다리를 몇 칸 타고 올라갔다. 코는 계속해서 책등에 처박고 있었다.

"여기 있어! 233번 책이야. 제목은 《표면 아래에서》인데, 'W. 샌드'라는 사람이 쓴 거래."

토마가 책장에서 책을 꺼냈다. 그리고 우리에게 와서 56페이지를 펼쳐보였다.

당구공처럼 동그래진 우리 눈앞에 검은 잉크로 인쇄한 수수께끼 같은 문장이 나왔다.

"'탐욕은 눈을 멀게 하지만'……."

"무슨 뜻이지?"

토마가 진한 눈썹을 찌푸리며 물었다.

내가 한숨을 쉬며 답했다.

"잘 모르겠어. 이 보물을 찾느라 우리가 진실을 못 보게 되었다는 이야기일 수도 있고…… 어쩌면 우리가 뭔가를 놓쳤을지도 몰라."

"이 문장 끝부분이 빠져 있는 것 같지, 안 그래?"

"네 말이 맞아. 어쩌면 나중에 뒷부분을 찾게 될지도

모르겠어. 아니면 정말로 다른 방에서 무언가를 놓쳤을 지도 모르고……."

토마가 다급한 목소리로 딱 잘라 말했다.

"더 이상 뒤로 돌아갈 수는 없어. 우리가 새로운 방으로 들어올 때마다 뒤쪽에서 문이 저절로 닫혔잖아!"

토마가 정수리를 긁적였다. 토마 눈에 짓궂은 빛이 감도는 게 보였다.

"아이디어가 떠올랐어!"

토마가 갑자기 외쳤다.

토마가 가져왔던 책을 소리 나게 덮고는 천칭 저울로 다가갔다. 천천히 책을 저울의 판 위에다 올려놓자, 무게 때문에 곧바로 판이 몇 센티미터 아래로 떨어졌다. 달칵거리는 소리 그리고 미약한 기계 소리가 들렸다. 처음 몇 초 동안은 문을 여는 데에 성공한 줄로만 알았다. 그렇지만 어떤 일이 벌어지고 있는지를 알게 되자 피가 얼어붙었다. 이 괴상한 저택에서는 무엇 하나 쉽게 넘어가는 법이 없었다.

"방이 줄어들고 있어!"

노아가 고함을 질렀다. 두려움에 얼굴이 일그러졌다.

느린 속도기는 했지만 거대한 책장 두 개가 우리를 향해 조금씩, 또 조금씩 다가왔다. 책장 무게 때문에 바닥에 쌓인 검은 모래가 바스락거렸다.

토마는 책장을 멈추려고 다시 책을 들어 올렸지만 아무런 소용이 없었다. 방은 계속해서 천천히 좁아지고 있었고, 여기서 빨리 나가지 않으면 우리가 책장 사이에서 짓이겨지고 말 게 분명했다.

"저울에 올려놓을 알맞은 책을 찾아야 돼."

토마가 심각한 분위기로 내게 말했다.

내가 대꾸했다.

"책이 수천 권은 있는데! 알맞은 책을 어떻게 찾아?"

"탐욕, 진실, 눈이 멀다……. 이런 단어가 있는 책을 찾아보자! 움직여야 돼, 얼른!"

토마의 목소리 끝이 갈라졌다. 토마는 확실히 불안에 떨고 있었다. 토마는 책을 땅바닥에 내던지고 다시 사다리를 타고 올랐다. 노아도 우리를 여기서 벗어나게 해줄 만한 것을 찾겠다는 마음으로 반대편 책장으로 향했다.

잠시 후 토마가 외쳤다.

"《사랑에 눈이 멀었다》는 어때?"

나는 대답 대신 어깨를 으쓱했다. 그러자 토마가 투덜거렸다.

"어쩔 수 없어. 아무튼 나는 가져갈 거야!"

아무리 못해도 벌써 책장 두 칸은 빠르게 살펴본 노아가 말했다.

"《큐피드와 진실》이야!"

"자, 할 수 있는 건 다 가져와!"

토마가 말을 끊었다.

나는 등을 굽힌 채 바닥과 가까운 책장들을 살펴봤지만 대단한 소득은 없었다.

순간 웅크리고 앉았다가 뭔가에 시선이 머물렀다. 토마가 내던졌던 책이 모래 위를 미끄러지며 바닥에 쓸린 자국을 남긴 것이다. 두 친구들이 외치는 책 제목을 더는 듣지 않고 검게 패인 자국으로 다가갔다. 모래 아래로 바닥 부분이 보였다.

"《표면 아래에서》라고 했지."

나는 여러 번 다시 읊어 봤다. 그게 233번 책의 제목이었고…… 그 책 작가인 샌드Sand라는 사람 이름은 영어로 '모래'라는 뜻인데……. 갑자기 번뜩이는 생각에 척추를 타고 길게 소름이 돋았다. 나는 책을 붙잡고 빗자루처럼 모래가 쌓인 바닥을 쓸었다. 모래를 양쪽으로 쓸어 보내 땅바닥을 훤히 드러냈다. 노아와 토마는 책에다 코를 박고 해답을 찾아내느라 정신이 팔려서 나를 보지도 못했다. 그렇지만 나는 바닥에 있는 돌에 새겨진 내용을 발견했다.

# 18장

---

내가 있는 곳에서는 1un이 2deux 뒤에 오며,

마찬가지로 4quatre가 3trois 앞에 온다.

죽음mort은 삶vie 앞에 오며,

꽃fleur은 씨앗graine 앞에 온다.

"어, 얘들아, 이것 좀 봐!"

내가 외쳤다.

토마가 사다리 꼭대기에서 내가 있는 곳을 내려다봤
다. 노아가 잽싸게 내 쪽으로 달려왔다. 나는 머릿속에
서 글귀를 여러 번 되새겼지만 아무것도 이해할 수가
없었다.

"뭐 떠오르는 것 있어?"

노아가 내게 물었다.

"하나도 없어."

내가 초조하게 고개를 저으며 답했다.

토마가 내려오면서 사다리 발판이 삐걱거리는 소리가 들렸다. 토마는 그렇게 하면 우리가 그 글귀를 새롭게 이해해 보는 데 도움이라도 되는 것처럼 글귀를 소리 내어 다시 한 번 읽었다.

토마가 입을 열었다.

"숫자를 글에 써진 순서대로 배치하면 2143이 돼. 2가 1앞에 오고, 4가 3 앞에 오니까."

노아가 말했다.

"그러면 2143번 책을 찾을까?"

노아는 벌써 알맞은 책을 찾으러 사다리에 올라탈 준비를 하고 있었다.

노아가 튀어 올라가지 않게 내가 팔을 붙잡으며 말했다.

"잠깐만! 그러면 '죽음', '삶', '꽃', '씨앗'은 어떻게 되는데? 이 수수께끼에는 숫자만 나와 있는 게 아니잖아."

토마가 눈을 빠르게 굴리고는 딱 잘라 말했다.

"벽이 좁아지고 있어, 올리. 떠오르는 아이디어는 전부 다 시험해 봐야 해. 이게 해결책이 아닌 것처럼 보이더라도 할 수 없어."

"그럼 그렇게 해."

내가 어깨를 으쓱하며 말했다.

노아가 사다리를 거칠게 앞으로 밀쳤다. 벌써 맨 위 발판에 이르러 있었다.

"2120, 2130, 2140······ 2143!"

노아가 득의양양한 목소리로 외쳤다.

토마가 말했다.

"그 책 던져! 그리고 계속 거기에 있어. 혹시 다른 책을 찾아야 할지도 모르니까."

노아가 고개를 끄덕이며 책을 공중으로 던졌다. 토마가 책을 받자 먼지가 구름처럼 일었다. 우리는 요란하게 기침을 했다. 그러고는 토마는 내게 걱정스러운 눈길을 던지며 저울 위에 책을 올렸다.

사슬이 조그만 금속성 소리를 내며 다시 한 번 미끄러져 내렸다. 톱니바퀴 소리가 갑자기 윙윙거리는 소리로 바뀌었다. 벽이 또다시 거칠게 밀고 들어왔고, 노아가 비명을 질렀다. 사다리 발판 위에서 노아의 발 한쪽이 미끄러지는 바람에 균형을 잃었다. 그걸 본 토마는 팔을 뻗어 2143번 책을 저울 위에서 치웠고, 토마와 나는 떨어지는 노아를 받으러 서둘러 사다리로 달려갔다. 높이가 제법 높았기 때문에 노아의 무게를 받아 낸 우리 둘 모두 모래 바닥에 나동그라지고 말았다.

"아야!"

노아가 바닥에 풀썩 쓰러지며 소리를 질렀다.

"괜찮아?"

내가 허겁지겁 노아에게 물었다.

노아는 아픔에 얼굴을 찌푸리며 답했다.

"발목을 삔 것 같아."

나도 조금 전 받은 충격 때문에 허벅지에서 날카로운 통증이 느껴졌다. 나는 몸을 일으켜 노아가 일어설 수 있도록 도왔다. 토마도 손바닥에 긁힌 상처가 난 것 같았지만 노아를 어깨로 부축하면서 거들어 줬다. 노아는 우리 둘을 붙잡고 한쪽 다리로 깡충깡충 뛰면서 균형을 잡았다.

"땅에다 발 디딜 수 있겠어?"

내가 노아에게 물었다.

"잘 모르겠어. 이쪽 발목은 이전에 여러 번 삔 적이 있어서 큰 탈이 난 걸까 봐 무서워."

"일단은 우리한테 기대."

방은 점점 더 좁아졌다. 이제 벽은 무척 빠르게 다가오고 있었다. 서둘러야 했다.

내가 심각한 목소리로 말했다.

"곰곰이 생각해 보자. '삶'보다 '죽음'을 먼저, '씨앗'보다 '꽃'을 먼저, '1'보다 '2'를 먼저, '3'보다 '4'를 먼저 찾을 수 있는 곳이 어디일까?"

"꼭 모든 게 거꾸로인 것만 같은데."

토마가 말했다. 그러다 갑자기 입을 쩍 벌렸다.

"시간을 거슬러 올라가는 기계야! 작년에 프랑스어 수업 시간에 그런 책을 배웠잖아. H. G. 웰스가 쓴 《타임머신》이라는 책이었어!"

나는 노아를 꽉 붙잡으며 소리쳤다.

"토마야, 그 책 찾아볼 수 있어? 빨리!"

토마는 대답 대신 가장 가까운 책장으로 돌진해서 고

개를 옆으로 기울이고는 눈에 보이는 책 제목들을 소리 내서 읽기 시작했다.

잠시 후 막막할 정도로 큼직한 책장이 여전히 토마 앞에 놓여 있는 가운데 토마가 고개를 젓고는 우리 쪽으로 몸을 돌렸다. 토마가 말을 꺼내기도 전에 그 눈빛에서 토마가 정신이 쏙 빠졌다는 사실을 알 수 있었다.

"여기에는 책이 수천 권이 있어. 전부 다 확인할 시간은 절대로 없을 거라고!"

"뭔가 순서대로 정리를 해 두지 않았을까?"

내가 물었다.

"아니, 그냥 번호만 쭉 매겨져 있는데, 거기에 딱히 규칙은 없는 것 같아."

노아가 말했다.

"어쩌면 그걸 찾아내야 하는지도 몰라. 책들을 어떤 방식으로 분류해 뒀는지 말이야."

토마가 하늘로 팔을 휘두르며 욕을 퍼부었다.

내가 말했다.

"장부가 있지 않을까? 분명히 다른 책들을 목록으로 정리해 둔 책이 있을 거야. 1번 책은 어떤 거야?"

토마가 쪼그리고 앉았다. 왼쪽 맨 아래부터 숫자가 시작되었다. 그렇지만 1부터 시작하지 않았다. 0번이 달린 책이 있었다. 토마가 황급히 그 책을 펼쳤다.

"네 말이 맞아, 올리! 여기에 모든 책들이 정리되어 있어. 알파벳 순서로 분류되어 있네!"

토마가 어찌나 빠르게 페이지를 넘겼는지 종이 몇 장은 찢겨버리는 줄 알았다. 시간이 조금씩 흐를 때마다 토마는 옆으로 자리를 옮겨야 했다. 벽이 몇 센티미터씩 좁아지고 있었다. 심장이 거세게 날뛰었다. 내게 맞붙어 있는 흉곽 너머로 노아의 심장도 빨리 뛰는 것이 느껴졌다.

토마가 알파벳을 읊으며 손가락으로 페이지를 훑었다.

"K······ L······ M······《타임머신》, 여기 있다! 667번 책이야. 반대편에 있어!"

토마가 외쳤다. 눈에는 희망의 빛이 비쳤다.

토마가 앞으로 다이빙하다시피 뛰어들었다. 속도가 빨라서 마치 발이 모래 위를 미끄러지듯이 나아갔다. 우리가 채 눈을 감았다 뜨기도 전에 토마가 벌써 책을 붙잡았다. 바로 그때였다. 머릿속에 번개가 친 것처럼 무언가 떠올랐다.

"잠깐만!"

내가 토마에게 부탁했다.

토마가 우뚝 멈춰 섰다. 노아가 가쁘게 숨을 내쉬는 것이 내 목덜미에 느껴졌다.

나는 이상하리만치 차분한 목소리로 말했다.

"어떤 책을 저울에 올려야 하는지 알아 낸 것 같아. 《타임머신》이 아니야."

토마는 당황하면서 책을 내려놓았다. 내게는 꼭 영원처럼 길게 느껴졌던 아주 짧은 순간, 두터운 벽이 삐걱거리며 기계처럼 우리를 죄어 오는 소리만이 침묵에 훼방을 놓았다.

# 19장

—

"사전이야!"

"으응?"

토마가 되물었다.

"사전을 찾아야 돼! 그게 수수께끼의 답이야! 네가 단어를 읊는 걸 들으니까, 알파벳 순서를 말하는 게 아닐까 의문이 들었어."

토마는 못 알아듣겠다는 듯이 얼굴을 계속 찌푸린 채 가만히 있었다. 나는 말을 이어갔다.

"사전에는 알파벳 순서에 따라 '2deux'가 '1un' 앞에 오잖아. D가 U보다 먼저니까. '4quatre'가 '3trois'보다 먼저 오는 것도 Q가 T보다 앞에 와서 그런 거고. '삶vie'이라는 단어가 '죽음mort' 뒤에 오는 것도 마찬가지고, 나머지도 똑같아. 수수께끼에서는 '내가 있는 곳에서'라고 했으니까 저울에다 사전을 올려야 해."

노아와 내가 출구를 향해 어찌저찌 다가가는 동안 토마는 두꺼운 색인 속에서 제목에 '사전'이 들어가는 책을 정신없이 찾았다.

"여기 있다! 《프랑스어 사전》, 23번 책이야!"

방은 계속 좁아지고 있었다. 이제는 커다란 책장 두 개가 문설주 가까이에 이르러 있었다. 너무 가까웠다. 이제 몇 센티미터만 더 줄어들면 우리는 아예 나갈 수 없을 것이다…….

바로 그 찰나에 토마가 사전을 움켜잡았다. 우리는 저울 쪽으로 모였다. 토마가 팔을 뻗고는 걱정스러운 눈길을 던지며 이렇게 말했다.

"마지막 시도야, 올리. 만약에 이게 틀리면 우리는……."

"난 확신해, 톰. 그 사전을 어서 저울 위에 올려!"

시간이 꼭 슬로우 모션처럼 느리게 흘러가는 기분이었다. 토마가 손을 펼치며 책을 내려놓자 저울의 판이

다시 한 번 내려가는 게 보였다. 기계 장치가 작동했다. 어떤 결과가 나올지는 알 수 없었다.

갑자기 책장 두 개가 믿을 수 없는 세기와 속도로 우리를 덮쳤다. 실수를 저지른 것이다! 벽은 곧 우리 위로 떨어지며 우리를 으깨고 보잘것없는 헝겊 인형처럼 만들 것이다.

그러다 갑자기 책장 두 개가 몇 센티미터 정도 방향을 틀고는 서로 스치며 나란히 배치되어 문을 완전히 막아버렸다. 누군가 우리를 찾아낼 때까지 이 저택 안에 몇 시간, 심지어는 며칠 동안 갇혀 있어야 한다는 생각에 움찔했다. 눈을 감았다. 심장 박동이 점점 더 빨라지는 게 느껴졌다.

"봐!"

갑자기 토마가 외쳤다.

나는 눈을 뜨고는 안도의 한숨을 내쉬었다. 책장 한쪽이 방향을 틀면서 뒤에 가려져 있던 벽에 있는 출구가 드러난 것이다. 우리가 실수를 저지른 것이 아니었다. 이 지옥 같았던 방에서 벗어날 수가 있게 되었다.

토마가 서둘러 나를 도와 노아를 부축했다. 우리는

161

최대한 빠르게 출구를 향해 나아갔다. 우리가 문을 지나가자 문은 묵직한 소리를 내며 뒤편에서 저절로 닫혔다.

우리 앞에 펼쳐진 새로운 방에는 탄탄한 나무 상자가 다섯 개씩 두 줄로 늘어서 있었다. 잠시 동안 템플 기사단의 보물에 관한 기억이 머릿속을 가득 채웠다. 그리고 다시 아망다를 떠올리자 심장이 따끔거렸다.

우리와 아주 가까운 곳에 우리 가슴팍 정도 높이의 돌로 만든 보면대가 있었다. 그 위에는 커다랗고 낡은 열쇠가 놓여 있었다. 우리는 방 안으로 몇 걸음 걸어 들어갔다. 그리고 숫자가 새겨진 커다란 자물쇠가 달려 있는 어느 상자 위에 노아가 앉을 수 있게 도왔다. 빠르게 눈으로 훑어보니 상자에는 모두 1부터 10까지 번호가 매겨져 있었다.

나는 책을 펼쳐보았다. 왼쪽 페이지에 커다란 열쇠 그림이 그려진 것을 보니 이게 마지막 수수께끼라는 사실을 알 수 있었다. 오른쪽 페이지에는 우리가 새로 해독해야 하는 암호가 손으로 직접 쓴 고딕체 글씨로 적혀 있었다.

# uðt...css

토마와 나는 혹시 실마리를 찾을 수 있을까 싶어서 보면대 주위를 샅샅이 둘러보았다. 묵직한 열쇠를 들어 올리니 그 아래에 이런 글이 새겨져 있었다.

열쇠를 잘 사용하십시오.

열쇠는 딱 한 번밖에 쓸 수 없습니다.

토마는 차가운 돌을 어루만지며 손가락으로 글귀를 훑었다.

"우리가 어떻게 열쇠를 쓸지 잘 결정하고 알맞은 자물쇠에 사용해야 하나 봐. 실수하면 안 되겠어!"

내가 물었다.

"네 생각에는 보물이 여기 있는 상자 중 한 곳에 들어 있는 것 같아?"

"이게 마지막 수수께끼잖아, 안 그래?"

노아는 우리 모험이 마지막에 이르렀다는 사실을 알게 되자 얼굴이 환해지며 활짝 웃음을 지었다. 우리가 들였던 모든 노력들이 드디어 보상을 받을 것이다. 그리고 이 마지막 임무를 성공한다면, 이 최종 수수께끼를 풀어낸다면 노아와 디안느 아주머니는 가족 곁으로 돌아갈 수 있을 것이다. 나는 자부심에 가슴팍이 부풀어 올랐다. 마지막 답을 찾아내기 위해 머리를 최대한 열심히 써 보겠다고 그 어느 때보다도 굳게 다짐을 했다.

방은 고요했다. 노아가 말했다.

"애들아, 너희에게 정말로 마음 깊이 감사해."

노아가 떨리는 목소리로 또박또박 힘주어 말했다.

토마와 나는 뭐라고 답하면 좋을지 몰라서 미소를 지었다. 노아의 이야기는 마음을 울렸고, 우리가 노아를 도와주는 건 너무나 당연한 일이었다. 게다가 이런 보물 찾기는 우리가 마음껏 뛰어들고 싶은 모험이었다.

"우리한테 고마워하는 건 보물을 찾은 다음에 해."

토마가 침묵을 깨고 말했다.

그리고 노아에게 윙크를 하고는 고개를 숙여 문서를 들여다봤다. 토마의 눈길은 미스터리하게 늘어선 글자들을 훑어봤다. 노아가 얼굴을 찌푸리며 발목을 주무르는 동안 토마는 떠오르는 생각을 그대로 중얼거렸다.

"숫자를 찾아야 되는데…… 이 글자로 알 수 있는 숫자라면……."

"나는 상자들을 살펴볼게."

내가 말했다.

할 수 있는 한 우리를 돕고 싶었던 노아는 자기가 앉아 있는 상자를 살펴보면서 단서를 찾았다. 나는 방을 돌면서 각각의 상자 앞을 지나갔다. 몸을 웅크려 상자를 여기저기서 꼼꼼히 뜯어봤다.

몇 분 동안 관찰을 하고 나서 보니 안타깝게도 분명한 사실이 모습을 드러냈다. 상자는 모두 똑같이 생겼고, 수수께끼를 해독하는 데에 도움을 줄 만한 실마리는 전혀 없다는 것이다. 나무, 금속 그리고 자물쇠에 새겨진 1부터 10까지의 숫자. 그것 말고는 별다른 게 없었다.

"어쩌면 논리적인 규칙에 따라 나열된 건지도 모르겠어."

내가 다가가자 토마가 말했다.

토마가 손가락으로 수를 세었다. 그리고 이야기를 이어갔다.

"u는 알파벳에서 21번째 숫자잖아. d는 4번째고, t는 20번째고……."

"그러면 이렇게 될 텐데. 21, 4, 20……. 흠, 3, 19, 19. 여기는 논리적인 규칙이 전혀 없어."

"어떻게 그렇게 장담할 수가 있어?"

토마가 내게 말했다.

"19가 연달아서 두 번 나오잖아. 말이 안 되지."

토마가 고개를 끄덕이며 턱을 긁었다.

"그래, 그럴지도 모르겠다."

토마가 잠시 말을 멈췄다가 나를 쳐다봤다.

"상자에는 아무것도 없어? 그러니까 혹시……."

"아무것도 없어."

내가 말을 끊었다.

짧은 침묵이 흐르고, 노아가 숨을 크게 들이마시고는 말을 내뱉었다.

"행성 이름일까?"

노아가 머리 위로 팔을 펼치며 말했다.

나는 노아의 말을 떠올리며 연달아 쓰인 글씨들을 다시 한 번 뜯어봤다. 그리고 다시 입을 열었다.

"u는 천왕성uranus, t는 지구terre, s는 토성saturne……. 나쁘지 않네. 그렇지만 나머지는 어때?"

갑자기 묵직하고 큰 소리가 나서 우리 모두 소스라쳤다. 짧지만 방이 흔들릴 정도로 강력한 울림이었다. 그러고는 몇 초 뒤 다시 한 번 방이 흔들렸다. 등 아래쪽에 식은땀이 맺혔다.

"뭐였을까?"

토마가 무척 걱정스러워하며 물었다.

"전혀 모르겠어……."

또 다시 흔들렸다.

바닥에서 먼지 구름이 일었다가 공기 중에서 춤을 추며 다시 바닥으로 가라앉았다. 그 모습을 보자마자 조금 전에 지나온 방과 우리를 향해 다가오던 벽들이 떠올랐다. 그 생각을 하니 피가 얼어붙고 심장이 더 빠르게 뛰었다. 앞으로 어떤 일이 일어날지는 모르겠지만 한 가지는 확실했다. 마지막 수수께끼를 빠르게 풀어서 보물을 가지고 이 저택을 최대한 빨리 나서야 했다.

노아가 가까이 와 보라고 손짓했다. 발목을 다친 노아 옆에 한 사람씩 앉고, 노아의 무릎 위에다 책을 펼쳤다.

불안한 침묵 속에서 우리 세 사람은 머리를 굴렸다. 눈을 가늘게 뜨고, 눈썹은 찌푸리고, 더러는 서로 알아듣지 못할 짤막한 말들을 웅얼거렸다.

꼭 영원 같았던 시간이 흐르고, 나는 손가락을 써서 숫자와 글자 사이의 관계를 찾아내 보려고 했다. 머릿속에서는 책의 페이지 위로 커다란 숫자들과 글자로 쓰인 낱말들이 떠다니는 모습이 보였다. 일, 삼, 오, 이, 팔……. 그러다 숫자는 날아가고 단어에 집중하게 됐다. 그러다 단어를 이루는 글자에 집중해 봤다. 눈을 가늘게 뜨고 책을 힐끗 쳐다봤더니, 페이지에 쓰여 있는 글자들이 내 머릿속 글자들과 뒤섞였다. 갑자기 답이 너무나 명백하게 모습을 드러냈다.

"알아냈어! 저 글자는 단어의 맨 첫 글자들이야!"

내가 펄쩍 뛰어오르며 외쳤다. 그 바람에 책이 바닥에 떨어질 뻔했다.

"뭐라고?"

토마와 노아가 동시에 말했다.

"일un, 이deux, 삼trois, 오cinq, 육six, 칠sept! 숫자를 가리키는 단어의 첫 글자들이 u, d, t, c, s, s야!"

토마가 눈을 휘둥그레 뜨고 입을 크게 벌렸다.

"잘했어, 올리! 중간에 없는 숫자니까 답은 4구나!"

"어서 움직여야 해!"

노아가 소리쳤다.

토마는 보면대를 향해 달려갔고, 나는 4번 상자로 갔다. 토마가 내게 커다란 열쇠를 던졌고, 나는 떨리는 손으로 그 열쇠를 받아 자물쇠에 집어넣었다. 숨을 크게 들이마셨다. 우리 모두 눈을 질끈 감은 가운데, 나는 손목을 오른쪽으로 돌리며 천천히 자물쇠를 풀었다.

금속이 찰칵거리는 소리가 들릴 때마다 목덜미 아래쪽이 찌릿했다. 찰칵이는 소리가 다섯 번 들리고(내가 정확히 세어보았다), 자물쇠가 열렸다. 심장이 가슴 밖으로 터져 나올 것처럼 한껏 튀어 올랐고, 나는 눈을 떴다.

토마가 노아 쪽으로 몇 발짝 걸어가 노아가 움직이도록 도왔다. 두 사람이 내 쪽으로 다가왔다.

"노아야, 네 덕분이야."

나는 몸을 일으키며 말했다.

노아가 팔을 뻗어 가느다란 손가락으로 상자 뚜껑 가장자리를 붙잡고는 뚜껑을 들어 올렸다. 우리는 숨을 멈추고는 다들 동시에 상자 안을 들여다보았다. 상자 밑바닥에는 조그맣고 누르스름한 양피지 조각이 있었다. 끝없이 누군가를 기다리다가 드디어 우리에게 발견된 것만 같았다. 노아가 양피지를 잡고 눈앞에 들어올렸다.

욕심은 눈을 멀게 하지만
진실은 바로 앞에 있었다.

이 짧은 글귀 하나가 내 배를 주먹으로 세게 친 것만 같았다. 온갖 금지된 일들을 무릅쓰고, 모든 위험을 감수해 가면서 마지막 수수께끼를 해독했는데, 상자가 비어 있다니! 보물은 하나도 없었다.

# 20장

—

노아는 화를 내며 요란하게 뚜껑을 덮었다. 그 소리가 커다란 방 안에 몇 초 동안 울려 퍼졌다. 갑자기 상자가 꼭 자동 기계 장치가 있는 것처럼 자기 혼자서 움직이며 뒤로 물러나기 시작했다. 그러자 바닥에 숨어 있던 문이 드러났다. 나는 그 위로 고개를 내밀었다. 어두운 지하 터널로 이어지는 사다리가 보였다. 곧 네온사인으로 된 화살표에 불이 켜지며 어둠을 걷어냈다. 이 길이 우리의 유일한 출구라는 사실을 알 수 있었다. 나는 노아를 바라보며 물었다.

"너 발목 다쳤는데 나갈 수 있겠어?"

"사다리를 타고 내려가는 건 내가 어떻게든 해 볼게.

그리고 나서는 어떻게 하면 될지 보자."

"그러면 내가 먼저 내려갈게. 너는 내가 내려간 다음에 내려와. 너무 아프면 내가 부축해 줄게."

나는 책을 배낭에 집어넣고, 사다리를 한방에 붙잡은 다음 터널 속으로 내려갔다. 철제 사다리는 얼어붙을 듯 차가웠다. 오십 미터 정도는 족히 내려간 뒤에 노아가 따라서 내려오기를 기다렸다. 노아는 놀라운 솜씨로 여러 단을 한 발로 내려왔다. 우리 모두 생각보다 더 빨리 나갈 수 있을 것 같았다.

터널 아래 바닥에 도착해서 손목시계를 확인했다. 곧 있으면 자정이었다. 이 저주받은 저택에서 오랜 시간을 보냈다는 사실을 깨달으니 속이 답답해졌다. 혹시 노아 엄마가 잠에서 깨서 벌써 여기저기 우리를 찾아다니고 있으면 어떡하지? 나는 부정적인 생각을 떨쳐내려고 고개를 저었다. 그리고 노아가 땅바닥으로 무사히 내려올 수 있도록 부축했다.

우리 앞에는 긴 복도가 펼쳐져 있었다. 빛을 내뿜는 화살표들 사이사이로 터널을 밝히는 표지판에 초록색으로 '출구'라고 적혀 있었다. 그리고 저 끝에는 바깥으로 이어질 게 분명한 계단이 보였다. 내 예상대로라면 우리는 저택 아래를 쭉 따라서 지나가게 된다. 그러면 출발했던 지점과 그리 멀지 않은 곳에 도착할 것 같았다.

내가 침묵을 깨며 말했다.

"서둘러야 해, 얘들아. 벌써 시간이 많이 늦었어."

친구들은 아무 말 없이 고개를 끄덕였다. 내가 앞장서서 걸어 나갔다. 노아 곁에서 토마가 같이 걸으면서 부축해 줄 수 있을 만한 폭의 복도였다. 정찰을 맡은 내가 계단을 최대한 빨리 기어 올라갔다. 그리고 손잡이 대신 가로로 빗장이 걸려 있는 문을 마주쳤다. 세게 문을 밀고 바깥으로 나가자 저택의 한쪽 벽에 다다를 수 있었다.

공사장 불빛은 한낮처럼 환하게 밝혀져 있었다. 내가 있는 자리에서 몇 미터 떨어진 곳에서 일꾼들과 기계 소리가 들렸다. 저택 외벽에 설치한 커다란 비계* 위에서 일꾼들이 여전히 작업을 하고 있었다. 잠시 후 노아

---

\* 높은 곳에서 공사를 할 수 있도록 설치한 임시 건물.

와 토마도 합류했다.

"공사장 앞을 지나갈 수는 없어. 돌아서 가자."

나는 요란한 기계 소리를 뚫고 친구들에게 들릴 수 있을 정도로 목소리를 키워서 속삭였다.

우리는 최대한 빨리 움직였지만 내가 보기에는 너무 느렸다. 그리고 몇 분 뒤, 저택을 빙 둘러 입구 근처에 이르렀다. 몇 그루의 나무가 일꾼들의 시선을 막아 주었지만 가장 어려운 단계가 남아 있었다. 놀이공원까지 이어지는 커다란 도로를 가로질러야 한다는 점이었다. 우리는 한참 동안 훤히 드러날 테고, 그러면 얼마든지 사람들 눈에 띌 수가 있었다. 안내 데스크가 있는 건물 뒤편으로 지나가는 방법을 잠시 떠올려 봤지만 그러려면 공사장을 너무 가까이서 지나야 했다. 우리에게 유일하게 유리한 점은 지금이 캄캄한 밤이라는 것 그리고 공사장 비계를 밝히는 조명은 멀리 떨어져 있어서 우리가 움직이는 경로를 완전히 밝힐 정도는 아니라는 사실이었다. 그렇지만 빛이 아무리 약하다고 하더라도 아주 비밀스럽고, 아주 빠르게 가야 했다. 우리 중에 다친 사람이 있으니 이 점에서는 승산이 적었다. 토마와 나는 팔로 노아의 어깨를 부축했다. 내가 조용히 읊조렸다.

"모두 준비됐어? 최대한 빨리 해 보자. 괜찮아, 노아야?"

"응, 이를 악물고 해 볼게."

일꾼들이 제일 잘 보이는 자리에 있던 토마가 출발 신호를 줬다. 우리는 곧장 앞만 보며 길을 나섰다. 노아는 최대한 빠르게 깡충거렸고, 노아가 다친 발로 땅을 딛지 않도록 토마와 나는 노아의 무게를 할 수 있는 한 나눠 지려고 했다. 아드레날린과 잡힐지도 모른다는 두려움 때문에 처음 몇십 미터는 꼭 일 초도 안 되어 지나간 것 같았다. 그렇지만 중간쯤 가자 지쳐서 힘을 조금 빼야 했다. 노아는 넘어지지 않으려고 삔 발목으로 몸을 지탱했지만 다친 발이 땅을 디디자 아파서 터져 나오는 신음을 애써 참아야 했다.

"이봐! 거기 누구야?"

일꾼 하나가 큰 소리로 말했다.

보아하니 우리가 그리 조심스럽게 가지 않았던 모양이었다.

우리는 그 자리에서 굳어버렸다. 그리고 몸에 피가

제대로 돌기도 전에 공사장에 있던 사람들이 우리 쪽으로 오고 있다는 사실을 깨달았다. 어둠 속에 있으니 아직 눈에 띄지 않았지만 들키는 건 어디까지나 시간 문제였다. 손전등 불빛이 벌써 주위를 휘젓고 있었다.

토마가 숨을 몰아쉬며 중얼거렸다.

"어서, 노아야! 방법이 없어. 출구 쪽으로 가야 해."

노아의 답은 묵직한 신음 소리가 전부였다. 나는 정신이 나간 채로 머릿속에서 이리저리 생각을 했다. 그러다 갑자기 아이디어가 하나 떠올랐다. 나는 노아를 부축한 팔을 살짝 풀고 옆걸음질 쳤다.

"뭐 하는 거야?"

토마가 내게 물었다.

"너희 둘 모두 가! 나는 시간을 좀 벌어 볼게."

내가 대답했다.

가장 친한 친구인 토마가 쏘아붙였다.

"무슨 소리야! 다 같이 갈 거 아니면 안 나갈 거야!"

"너희가 멀어질 수 있도록 내가 저 사람들이 한눈을 팔게 만들게. 나 혼자 움직이면 훨씬 잘 움직일 수 있어. 너희는 문짝 두 개 사이로 빠져나가야 해. 더군다나 너희 둘이서는 시간이 더 필요할 거야. 빠져나가고 나면 빨리 호텔로 돌아가. 나는 바로 뒤따라갈게."

발자국 소리가 점점 가까워졌다. 빛줄기가 우리 쪽을 향하기 시작했다.

나는 뜻을 굽히지 않았다.

"어서! 말다툼할 시간 없어. 먼저 출발해. 나는 내가 알아서 해결할게."

멀리 떨어진 곳에서 일꾼 한 명이 투덜거렸다. 내가 마음을 바꿀 뜻이 없다는 걸 알아차린 토마는 고개를 절레절레 저었다. 노아는 토마에게 딱 붙은 다음 둘은 캄캄한 어둠 속으로 모습을 감췄다.

# 21장

—

나는 짧은 숨을 몰아쉬며 떨리는 마음으로 두 사람과 반대 방향으로 달렸다. 빽빽한 덤불 속으로 파고들어가서야 잠시 멈춰 숨을 고를 수가 있었다. 땅바닥을 더듬거려 보니 테니스 공만한 돌멩이가 손에 잡혔다. 돌을 최대한 멀리 떨어진 곳까지 던지려고 사람들 무리가 시야에 들어올 때까지 기다렸다.

돌이 부딪히는 소리가 들리자 사람들이 움직임을 멈췄다. 그리고 소리가 나는 쪽으로 귀를 기울이려고 고개를 돌렸다.

"저기다!"

인부 가운데 한 사람이 손전등으로 방향을 가리키며

외쳤다.

사람들은 몸을 정반대 방향으로 돌리고 내가 돌을 던진 쪽으로 멀어졌다. 계획대로 된 것이었다. 토마와 노아에게 몇 초라도 시간을 더 벌어 줄 수 있었다. 그렇지만 이걸로는 충분치 않았다. 내가 다시 원래 길로 돌아가서 잡히지 않고 놀이공원으로 돌아가려면 시간이 훨씬 더 필요했다.

왼쪽에는 우리가 낮에 방문했던 작은 건물이 있었다. 시선을 피해 몸을 감추기 딱 좋은 곳이었다. 한달음에 달려서 빠르게 도달하기만 한다면 말이다. 일꾼들이 충분히 멀어졌다는 생각이 들자 나는 숨을 크게 들이마시고 다리를 높이 쭉 차올렸다. 생각보다 더 빠르게 작은 건물 뒤쪽에 도착했다. 나는 웅크린 자세로 벽을 따라 걸으며 건물 모퉁이까지 간 다음, 고개를 내밀어 주위를 살폈다. 괴상한 저택의 공사장에는 인부들이 몇 명 남아 있었지만 대부분은 계속 나를 찾아다니는 것 같았다. 안전하게 탈출할 수 있으려면 저 사람들을 멀리 따돌려야 했다. 또 주의를 끌 만한 것이 있을까 찾아보려 주위를 둘러봤지만 아무것도 발견하지 못했다.

갑자기 손전등 두 개가 조금 전에 내가 몸을 감추고 있던 덤불을 들쑤셨다. 사람들 무리가 점점 다가오고 있었다.

나는 불안에 떨며 내가 붙잡히지 않도록 해 줄 해결책이 있지 않을까 하는 마음으로 주위를 이리저리 살폈다. 안내 데스크가 있는 건물 창문 하나가 반쯤 열려 있었다. 사이로 몸을 집어넣을 수 있을 정도의 틈이었다. 나는 빠르게 창문으로 다가가 고개를 밀어 넣고 안을 들여다봤다. 화장실로 곧장 이어지는 창문이었다. 일꾼들의 우렁찬 목소리가 점점 다가오고 있어서 꾸물거릴 수는 없었다. 나는 가방을 벗어 안으로 던져 넣고 벽을 기어 올라가 창틀 안으로 몸을 집어넣었다.

일단 안으로 들어오고 나서는 조용히 창문을 닫았다. 그리고 물을 좀 마시려고 세면대로 갔다. 고개를 들자 어둑한 유리창 너머로 손전등 불빛이 들어왔다. 커다란 거울에 비친 내 얼굴이 보일 만큼 환한 불빛이었다. 거울 속에는 지치고 걱정스러운 표정의 남자아이가 있었다. 나는 대체 또 어떤 궁지에 몰린 걸까? 이번에는 내 열정을 불러일으켜 주고 동기를 주는 아망다마저도 곁에 없었다. 나는 이리저리 서성이다가 이 사건의 끝이 어떻게 되건 간에 어쩌면 아망다에게는 토마랑 나랑 같이 '이상한 이야기'를 계속하고 싶은 마음이 더는 안 생길 수도 있겠다는 생각을 했다. 목이 턱 막혀서 다시 물을 벌컥거리며 마셨다. 시원한 물을 마시니 기분이 조금 나아지고 어느 정도 정신을 가다듬을 수 있었다.

여기서 내가 흘려보낸 시간으로 가늠해 보면 토마와 노아는 벌써 호텔로 돌아갔을 것 같았다. 어쩌면 그 바람에 노아의 엄마가 잠에서 깨서 내가 왜 없는지 물어봤을지도 모른다고 생각하니 심장이 빠르게 뛰었다. 관자놀이에서 맥박이 뛰는 게 느껴졌다. 돌아갈 방법을 떠올려야 했다. 그것도 빨리!

나는 가방을 매고 화장실 문을 밀었다. 안내 데스크가 있는 커다란 방의 한쪽 끄트머리였다. 오른쪽에는 긴 복도가, 왼쪽에는 낮은 탁자와 안락의자가, 가운데에는 저택 모형이 있었다. 바깥은 점점 더 소란스러워졌다. 개가 짖는 소리도 들리는 것 같았다. 스트레스가 최고조에 이르렀다.

나는 안락의자 한 곳에 앉았다. 바로 몇 시간 전 오후에 앉았던 그 자리였다. 현장을 견학했던 일이 억겁도 더 전에 일어났던 것만 같았다.

마음을 가라앉히면서 어떻게 여기서 빠져나갈지를 생각해 보려고 하는데, 정신이 딴 데로 새서 보물 찾기를 다시 떠올리게 됐다. 나는 납득할 수가 없었다. 그 모든 수수께끼를 다 해독했는데도, 그 어떤 결과도 얻지 못했다는 사실이 분했다. 아무런 소득이 없었다. 심지어는 보물의 '보'자도 보지 못했다. 우리도 그렇고, 노아를 생각하면 더더욱 실망스러운 일이었다. 우리가 얻은 보상은 대체 뭐였을까? 두 줄로 나눠진 한 문장뿐이었다. 아무런 쓸모가 없었다.

욕심은 눈을 멀게 하지만,
진실은 바로 앞에 있었다.

바깥에서는 사람들이 고함을 치고 개가 으르렁거렸지만 내 머릿속은 고요했다. 이 아리송한 구절을 이루는 단어들만이 가벼운 구름이 떠다니는 것처럼 머릿속을 둥둥 떠돌았다. 우리가 욕심을 부렸나? 그럴 수 있겠지.

그렇다면 왜 눈이 멀었다는 걸까? 우리가 미처 못 봤던 게 대체 뭐였을까?

나는 눈을 이러저리 굴리다가 문득 저택 모형을 쳐다봤다. 그리고 자리에서 일어나 방 한가운데로 다가갔다. 내가 작은 인형이 되었다고 상상하면서 우리가 저택 안에 있는 방들을 누비며 갔던 길을 머릿속으로 다시 떠올려봤다. 잠시 시간이 흐르고, 나는 받침에 올려둔 게시판 쪽으로 시선을 낮췄다. 몸을 수그리고 로고를, 그다음에는 그 아래 쓰인 글을 뜯어봤다.

괴상한 저택 (원본)

'원본'이라는 말에 새로운 생각이 피어났다. 의문이 들었다. '원본'이라는 말을 굳이 언급한 건 무슨 의미일

183

까? 다른 저택도 있다는 이야기인가? 다른 버전인가? 그렇지만 대체 어디에 있다는 걸까?

나는 눈썹을 찌푸리고 눈을 가늘게 떴다.

구절에 나오는 단어들을 다시 조립하다 보니 갑자기 머릿속에 길이 트였다. "눈이 멀었다"니. 우리가 눈이 멀었던 거였다. 이제는 확실히 알 수 있었다!

토마, 노아와 내가 수수께끼를 풀어내려고 몇 시간씩 보낸 그 저택은 그저 복제품이었다! 원본은, 그러니까 진짜 괴상한 저택은 어쩌면 바로 내 눈 앞에 있는 축소 모형일지도 몰랐다. 노아의 아빠가 몇 주 동안 아주 비밀리에 만들어야 했던 건 바로 이 모형이었던 것이다. 이 모형이 진짜 괴상한 저택이고, 원본이고, GPS 좌표가 가리키던 것이었다!

맞아. 우리는 욕심을 부렸고, 눈이 멀었었어.

나는 눈이 휘둥그레졌다. 나는 떨리는 손으로 모형의 입구에 있는 조그만 이중문을 열었다. 모형 저택은 커다란 실물과 비교한다면 정말로 나약해 보였다. 검지와 엄지로 문손잡이 하나를 꼬집어 문을 당기자 모형 저택 안에 작은 조명이 켜졌다. 심장이 아주 거세게 뛰기 시작했다.

모형 한복판, 기껏해야 손끝에서 몇 센티미터쯤 떨어진 곳에 커다란 빨간색 버튼이 있었다. 오늘만큼은 어떤 행동이든 하기 전에 결과를 잘 생각해야 한다는 걸 알고 있었지만 너무 신이 났다. 바로 그 순간 나는 이 보물찾기의 진정한 마지막 수수께끼를 풀어냈다는 확신이 들었다. 여기 어딘가에 노아의 행복이 있다고 확신했다. 이 버튼을 누르기만 하면 된다. 나는 검지로 버튼을 눌렀다.

갑자기 방 안에 흥겨운 음악이 울려 퍼졌다. 하마터면 깜짝 놀라 기절할 뻔했다. 땅바닥과 천장에는 불빛이 맴돌며 사방팔방으로 수많은 알록달록한 점들을 비춰 댔다. 요란한 폭죽 소리가 두 번 들리더니, 콘페티가 쏟아져 내려오며 순식간에 방 안을 가득 뒤덮었다. 그와 동시에 커다란 깃발 두 개가 양쪽 벽에서 펼쳐졌다. 깃발 위에는 "대단해!"라는 글씨가 강렬한 색으로 쓰여 있었다.

토마와 노아가 이 자리에 있었다면 우리는 분명 승리의 춤을 췄을 것이다. 그렇지만 내 신세는 그것과는 전혀 달랐다…….

요란한 소리와 함께 뒤쪽에서 현관이 열렸다. 커다란 개 두 마리가 짖는 소리에 내 등을 따라 소름이 일었다. 음악 소리를 덮을 만큼 우렁찬 목소리가 들렸다.

"이봐! 너! 꼼짝 마!"

# 22장

—

토마, 노아, 나까지 우리 셋은 호텔 방에 있는 커다란 소파에 앉았다. 밤은 아주 빠르게 지나갔고, 나는 눈을 뜨고 있기가 힘들었다. 디안느 아주머니는 우리 앞에 서서 어두운 얼굴로 방 안을 서성거렸다. 그리고 끊임없이 머리를 옆으로 넘겼다. 아주머니는 우리 부모님께 연락하기 전에 우리에게 설명을 듣고 싶어 했다.

토마와 나는 땅바닥만 바라보았지만 노아는 혼자서 엄마의 눈을 똑바로 쳐다봤다. 용서해 달라는 눈빛이었다. 그렇지만 노아가 말을 하려고 입을 열 때마다 디안느 아주머니는 차례가 될 때까지 기다리라고 소리쳤다. 어제부터 쌓아 두었던 걱정, 분노, 스트레스가 가득 담긴 목소리였다.

일꾼들이 나를 붙잡은 다음, 놀이공원 보안팀에게 넘겨주고 놀이공원 본부로 데려갔다는 이야기를 안 하고 넘어갈 수가 없다. 본부에 가니 사람들이 온갖 질문을 던졌다. 나는 윈저 호텔에 묵고 있다는 것 그리고 누군가 나를 찾으러 올 수도 있다는 것을 아주 빠르게 설명했다. 이 새로운 놀이기구를 고안해 낸 사람의 아들이 내 친구라는 걸 아무리 설명해도, 보안팀은 딱히 생각을 바꾸는 것 같지 않았다. 나는 정말로 범죄자 취급을 받았다. 감히 테러리스트라는 말을 쓸 엄두는 안 나지만 처음, 그러니까 내가 겨우 열세 살짜리 남자아이라는 걸 알기 전에는 사람들은 꼭 나를 테러리스트처럼 취급했다.

디안느 아주머니가 보안팀 본부로 오셔서 이런저런 서류에 서명을 하셨고, 나는 디안느 아주머니와 함께 돌아갔다. 노아의 엄마는 방으로 돌아가는 길에 빠르게 "내일 아침에 마저 이야기하자"고 이야기한 것 말고는 한마디도 하지 않았다. 나는 돌아가서 토마에게 모든 이야기를 들려주려 했다. 그러다 잠에 빠져들고 말았지만 말이다.

눈을 떴을 때 속이 꽉 막혀서 평소처럼 먹을 수가 없었다. 감히 입을 열 수도 없었다. 디안느 아주머니의 지시를 기다릴 뿐이었다. 게다가 아주머니가 방 한가운데 있는 소파에서 잠을 청했다는 사실도 알게 됐다. 분명우리가 다시 몰래 빠져나갈까 봐 그랬던 걸 거다. 아무튼 아주머니는 우리를 잘 알지 못했고, 또 내가 아주머니의 입장에서 생각해 봐도 그 걱정스러운 마음이 충분히 이해가 갔다. 자기 아들과 알고 지낸지 기껏해야 며칠 정도밖에 안 된 토마와 나를 걱정하는 걸 충분히 이해할 수 있었다. 거기다 이미 겪고 있던 훨씬 슬픈 사건에다가 우리가 일으킨 말썽까지 더해졌으니 그 심정이어떨지 충분히 짐작이 갔다. 그래서 나는 아주 조금도나를 변호하지 않았다. 그저 아주머니가 내게 바라는 것을 이야기하기만을 기다렸다.

아주머니는 고개를 숙이고 동심원 두 개를 그리며 걷다가 우리와 마주 보고 서서 물었다.

"누가 설명 좀 해 주겠니?"

나는 전부 다 설명했다.

괴상한 저택 현장에서 발견된 게 나였으니, 내가 모든 사람을 대신해서 이야기했다. 전부 다 이야기했다. 노아가 도움을 요청한 것, 아빠가 숨겨 둔 보물에 고모가 손을 뻗칠까 봐 노아가 두려워했던 것, 그 돈으로 레위니옹에 가서 가족들을 다시 만나고 싶어 했던 것, 우리가 해독해 가며 여기까지 오도록 이끌어주었던 책에 대해 그리고 마지막으로 우리가 한밤중에 몰래 빠져나갔던 이유까지 하나도 남김없이 말했다.

한참을 설명하고 나니 디안느 아주머니는 울음을 터뜨렸고, 노아는 다가가 엄마를 끌어안았다. 나는 토마를 쳐다봤다. 토마도 눈물을 참고 있다는 걸 알 수 있었다. 우리는 모두 감정의 소용돌이에 휩싸였다. 그리고 우리가 어떤 말썽을 피웠는지 부모님들은 아직 소식을 못 들었기 때문에, 어떤 처분을 받을지 그 운명은 아직 정해지지 않았다.

디안느 아주머니가 뭐라고 말을 꺼내기도 전에 호텔 방 문이 벌컥 열리며 노아의 고모가 모습을 드러냈다. 딱 보기에도 화가 나서 굳은 얼굴이었다.

"대체 무슨 짓을 한 거야, 이 녀석들!"

노아의 고모가 소리쳤다.

토마와 나는 부끄러워서 곧바로 눈을 아래로 떨궜다.

노아의 고모가 말을 이어갔다.

"노아? 너는 대체 어떻게 된 거니?"

불쌍한 노아는 고개를 떨구고 손으로 얼굴을 감싼 채 훌쩍였다. 노아가 차마 입을 열지 못해서 나는 용기를 한껏 끌어내어 입을 열었다. 아무튼 현장에서 붙잡힌 건 나였으니까. 어떤 면에서 본다면 모두 내 잘못이었다.

나는 부드러운 목소리로 말했다.

"우리는 노아 아빠의 보물을 찾고 있었어요."

노아의 고모가 가슴팍을 치켜들고 내게로 한 발짝 내디뎠다. 눈은 빛을 내뿜는 것 같았다.

"무슨 말을 하는 거니, 꼬마 신사?"

"노아는 자기 아빠가…… 돌아가시기 전에 새로운 보물 찾기를 발명했다고 생각했거든요."

"정말이니, 노아야?"

노아의 고모가 이번에는 자기 조카를 쳐다보며 말했다.

노아는 코를 훌쩍이며 고개를 끄덕였다. 몇 초 동안

노아가 말을 더 꺼낼까 싶어 기다려 보았지만 여전히 노아는 아무 말이 없어서 내가 이야기를 이어갔다.

"노아는 수수께끼를 해독해 달라고 우리에게 도움을 청했어요. 엄마랑 자기가 레위니옹으로 이사를 갈 돈을 구하고 싶어서 보물을 찾고 싶어했거든요."

"그렇지만…… 대체…… 그게 정말이니?"

노아의 고모가 말했다.

노아는 또 한 번 고개를 끄덕였다.

노아의 고모가 하늘로 팔을 치켜들며 말했다.

"그런데 대체 그런 이야기를 왜 엄마나 나한테 안 한 거니? 이해가 안 되는구나……. 대체 왜 그런 이야기를 전부 숨겼던 거야? 지금 너 때문에 우리가 어떤 상황에 처했는지 좀 보렴!"

노아가 눈물을 닦고 고개를 들었다.

"고모가 혼자서 보물을 차지하려던 거 다 알고 있어요!"

노아가 고모를 노려보며 딱 잘라 말했다.

"뭐라고? 대체 무슨 소리니?"

"엄마 모르게 음모를 꾸미고 있던 거 다 안다고요!"

디안느 아주머니는 깜짝 놀라 고개를 저으며 눈을 동그랗게 떴다. 노아의 고모는 여전히 하나도 이해하지 못하는 것 같았다. 아니면 연기를 아주 잘하는 사람일지도 몰랐다.

"어째서 그렇게 말을 하는 거니, 노아야? 나는 항상 너와 네 엄마가 잘 지내기만을 바라왔는걸. 둘을 우리 집에 맞아들이기도 했고, 네 아빠가 만들어 낸 결과물을 두 사람이 모두 거둘 수 있도록 내 모든 노력을 기울였어. 전부 다 두 사람에게 권리가 있는걸."

토마가 의아하다는 눈빛을 내게 보냈고, 나는 눈썹을 찌푸렸다. 노아도 혼란스러워 보였다.

노아는 한참 동안 고모를 바라본 다음, 드디어 마음을 먹고 대답했다.

"저는 전부 다 들었어요. 저번에 고모가 전화로 통화하는 내용 말이에요. 고모는 무슨 수가 있어도 아빠의 보물 찾기 자료를 손에 넣고, 돈을 전부 되찾을 거라고 했어요. 딱 이렇게 말씀하셨다고요."

노아의 고모는 눈이 휘둥그레졌다. 그리고 우리 한 사람 한 사람을 오랫동안 쳐다봤다. 그리고 부드러운 목소리로 물었다.

"너희는 저택에 갔었니? 수수께끼는 풀었어?"

시간이 한없이 길게 늘어지는 것만 같았다. 그 누구도 그 어떤 말도 차마 꺼낼 수가 없었다. 나는 꼼짝 않고 땅바닥을 쳐다봤다.

"대답해!"

노아의 고모가 갑자기 호통을 쳤고, 나는 소파에서 펄쩍 뛰어올랐다.

마침내 노아가 대꾸했다.

"네. 풀었어요, 고모."

노아의 고모가 노아에게 다가가 자세를 낮추고는 노아의 손을 부드럽게 잡았다.

"그러면 끝까지 다 풀었니?"

"네."

노아가 내뱉었다.

"대체 어떻게 했니? 그 책을 가지고 있었던 거야?"

흐르던 시간이 또 다시 멈추는 기분이었다. 노아는 내 쪽으로 얼굴을 돌렸고, 나를 향해 고개를 끄덕였다. 그 몸짓을 보고 가방 깊숙이 넣어 둔 책을 찾으러 가도 괜찮다는 걸 알 수 있었다. 나는 그 책을 디안느 아주머니와 노아의 고모에게 보여 줬다.

"여기 있어요."

내가 어쩔 줄 몰라 하면서 말했다.

노아의 고모는 그 책을 집어 들고는 가슴팍에 꽉 끌어안았다. 그러고는 우리 맞은편에 있는 안락의자에 올려놓았다. 노아 고모의 뺨을 타고 뜨거운 눈물이 흘러내렸다. 우리는 한참 동안 아무런 말없이 있었다.

노아의 고모가 눈물을 흘리는 와중에 갑자기 말을 꺼냈다.

"훌륭하구나. 이 책을 찾으려고 몇 달을 보냈는데. 이제 이 덕분에 모든 게 제자리로 돌아갈 거야……."

"그게 무슨 말이에요?"

노아가 용기 내어 물었다.

# 23장

—

노아의 고모는 몸을 수그려 책을 들여다보며 눈물을 쏟았다. 아직은 노아의 고모가 충격에 빠져 있는 것 같아 디안느 아주머니가 대신 입을 열었다.

"네 고모와 나는 절박한 심정으로 이 책을 찾고 있었단다! 네 아빠는 새로운 개념의 보물 찾기를 선보이겠다면서 어드벤처 파크와 커다란 계약을 맺었어. 모든 일이 아주 비밀리에 진행되었고, 네 아빠는 모든 수수께끼의 답을 알고 있는 유일한 사람이었지. 어드벤처 파크 관계자조차도 '괴상한 저택' 공사 현장을 참관할 수가 없었고, 심지어 네 아빠는 일꾼들도 주기적으로 바꿨어. 안타깝게도 모든 준비를 마치지 몇 주 전에…… 아빠가 우리 곁을 떠났지. 네 아빠는 모든 사람들의 눈을 피해서 자기 작업을 꽁꽁 감추고 있어서, 우리는 그 어떤 실마리도 찾아낼 수가 없었어. 네 아빠가 그렇게나 중요하게 여겼던 이 프로젝트를 진행할 수 있는 유일한 방법은 이 모든 보물 찾기의 바탕이 되는 수수께끼가 담긴 책을 찾아내는 일뿐이었지."

"그렇지만 고모가 돈을 되찾는다고 그랬는데⋯⋯."

"맞아, 노아야. 어드벤처 파크와 맺은 계약의 계약금이야. 우리가 받아야 하는 그 돈 말이야! 그렇지만 보물 찾기가 공개되지 않고 놀이기구가 공식적으로 출범하지 않는 한 그 계약금은 계좌에 묶여 있어. 그리고 그 책이 없으면 보물 찾기도 할 수 없고 말이야."

"엄마는 처음부터 알고 있었어요?"

"물론이지."

노아의 엄마는 아들의 머리칼을 쓰다듬으며 답했다.

"왜 저한테는 아무 말 안 했어요? 왜 저한테는 책 이야기도 안 하고, 혹시 책이 어디에 있는 것 같느냐고 물어보지도 않았어요?"

"왜냐면 그건 어른들 일이어서 그랬어. 네 아빠가

이제는 우리 곁에 없어서 우리 둘 다 이미 힘든 마당에 너를 이런 일에 휘말리게 해서 더 걱정을 끼치고 싶지 않았어. 너는 아이니까. 노아야, 너는 아이답게 살아야지……."

이 말을 들으니 나는 아망다와 토마 그리고 내가 떠올랐다. 어쩌면 똑같은 속도로 크고 있지 않을지도 모르는 우리 셋 말이다. 노아 엄마의 말에 나는 수긍이 갔다. 나는 아이로 남아서 아이답게 살고 싶었다. 어른이 될 나이는 재촉하지 않아도 제법 빠르게 찾아올 테니까. 내 생각 같은 건 물어보지도 않고.

갑자기 노아의 고모가 자리에서 일어나더니 책을 공중으로 들어 올렸다.

"노아야, 이 책 덕분에 네 엄마와 너는 새로운 삶을 시작하게 될 거야! 두 사람을 생각하니 난 너무 행복하구나."

노아의 고모는 눈물을 닦고 책을 소파에 앉은 내 바로 옆자리에 올려놓고는 황급히 자신의 조카를 품에 끌어안았다. 디안느 아주머니는 토마와 나를 바라봤고, 소리 내지 않은 채 입술을 움직여 "고마워"라고 말했다.

그래도 토마, 노아와 헤어진 다음에 내가 일꾼들에게 잡힐 때까지 어떤 일이 있었는지를 들려줄 만한 짬이 있었다. 나는 마지막 수수께끼를 어떻게 풀어 낼 수 있었는지를 공들여 설명했다. 두 친구의 얼굴이 환해지는 게 보였다. 아직 놀이기구가 공식적으로 선을 보이지 않아서 당연히 모형 안에 선물은 없었지만, 이 미스터리한 마지막 구절을 해독할 수 있었다는 사실이 자랑스러웠다.

이야기를 마치고 나니 안도감이 들었다. 모두 다 잘 마무리되었다는 생각에 마음이 편안해졌다. 그대로 조금만 더 있었더라면 내가 못돼먹은 도둑 취급을 받거나 디안느 아주머니가 우리 부모님들께 전부 다 이야기하겠다고 마음을 먹었을지도 모른다. 그러면 토마와 나는 평생 벌을 받았겠지. 그건 확실하다! 그렇지만 이야기가 갑자기 방향을 튼 덕분에 다행히 우리는 어젯밤 잠시 금지된 탈출에 나섰던 일을 조용히 흘려보낼 수 있었다. 우리 부모님들은 이 사건을 모른 채로 지내게 될 것이다. 그날 밤 있었던 일은 우리들끼리의 비밀로 남을 것이다.

우리 역시도 디안느 아주머니와 노아의 고모에게서 설명을 들어야 했다. 두 사람은 노아의 아빠가 자신의 누이와 아주 오래전부터, 그러니까 두 사람이 젊었을 때부터 보물 찾기 회사를 세웠다고 알려 줬다. 노아의 아빠가 돌아가시자 자연스럽게 노아의 고모가 회사를 물려받았고, 일을 이어가야 했다. 노아의 고모는 그때 어드벤처 파크와 진행하고 있던 대형 프로젝트에 관해 알게 됐다. 그리고 디안느 아주머니가 돈을 모두 받고 노아와 레위니웅섬으로 이사를 갈 수 있으려면 계약을 완수해야 한다는 사실을 깨달았다. 그렇지만 '괴상한 저택' 놀이기구를 개시하려면 무슨 수를 써서라도 모든 수수께끼가 들어 있는 단 하나뿐인 책을 찾아야 했다. 노아는 딱하게도 자신이 책을 가지고 있다는 사실을 숨기면 자기와 자기 엄마의 몫을 지킬 수 있다고 생각했던 것이다. 고모가 이상한 행동을 하는 바람에 노아는 최악의 상황을 떠올렸지만 노아의 고모는 자기가 가로채려고 노아 아빠의 돈을 뒤쫓고 있던 게 아니었다. 오히려 노아의 엄마와 자신의 조카를 돕고 싶었던 것이다!

토마와 내가 짐을 챙기는 동안 디안느 아주머니가 어드벤처 파크에 연락해서 좋은 소식을 전하는 소리가 들렸다. 나는 활짝 미소를 지었다. 나는 이 모든 일들을 어서 아망다에게 들려주고 싶었다. 아망다가 아직 나와 이야기를 나눌 마음이 있다면 말이다…….

노아가 우리 방으로 왔다.

노아가 진중한 목소리로 말했다.

"너희에게 정말로 고마워, 얘들아. 그리고 아망다에게도 잊지 말고 고맙다고 전해 줘."

나는 여행 가방을 집어 들고 노아를 바라보며 노아 어깨에 다정하게 손을 올렸다.

"잘 해결돼서 정말 기뻐. 레위니옹에서 우리한테 소식 들려주기를 기대할게!"

"스카이프로 연락하자. 그러면 레위니옹섬의 멋진 경치를 너희에게 보여 줄 수도 있을 거야!"

노아가 미소를 지으며 답했다.

"혹시 네가 거기서 해적의 보물 이야기를 발견하게 되면, 우리가 영상을 찍을 수도 있어."

토마가 말했다.

"해변, 태양, 에메랄드빛 바다에 야자나무라니, 정말 좋다!"

내가 고개를 끄덕이며 말했다.

우리는 서로 와락 끌어안았다. 노아의 엄마는 놀이공원 입구까지 우리를 데려다주셨다. 입구에 가니 우리 아빠가 한 손에 신문을 들고 차에서 우리를 기다리고 있었다.

집으로 돌아갈 시간이었다.

# 24장

—

이튿날 우리가 아르빌로 돌아갔을 때, 아망다는 내가 보내는 메시지에 여전히 아무런 답도 하지 않았다. 그래서 나는 곧장 아망다네 집으로 갔다. 아망다의 엄마가 문을 열어 주면서 아망다는 지금 만날 수 없다고 핑계를 댈 구실을 찾아보려 했지만 저 멀리서 얼핏 아망다가 보였다.

"그냥 두세요, 엄마. 들어오라고 하세요."

마침내 아망다가 말했다.

갑자기 속이 꽉 막히는 기분이 들었다. 아망다는 대체 왜 이렇게 이상하게 행동하는 걸까? 내가 뭔가 잘못한 걸까?

우리는 아무런 말없이 아망다의 방으로 올라갔다. 나는 아망다의 침대 위에 앉았다. 아망다는 나를 등지고 창가에 서 있었다. 시선은 먼 곳을 향하고 있었다.

나는 용기 내어 말을 꺼냈다.

"아망다, 대체 뭐가 문제인지 말해 줘. 부탁이야. 나는 무엇 때문인지 전혀 감도 잡히지 않고, 이해가 안 가서……."

아망다는 잠시 아무런 말이 없었다. 그러다 나는 아망다가 소리 없이 눈물을 흘린다는 걸 알아차렸다. 아망다가 울고 있었다. 나는 가슴팍이 묵직해지고 무력한 기분이 들었다. 딱 한 가지 내 바람이 있다면 그저 아망다를 품에 안아서 그 슬픔을 달래 주고 싶은 마음뿐이었다.

나는 아망다를 잠시 가만히 놔두었다. 아망다는 뺨을 타고 흐른 눈물을 닦았다. 그리고 마침내 내 쪽으로 얼굴을 돌렸다. 눈은 슬픔에 붉어져 있었다.

"더는 못 하겠어, 올리……. 더는 못 하겠어……."

아망다는 몇 발짝 내딛고는 자기 책상 앞에 앉았다.

"설명해 줘. 전부 다 얘기해 볼 수 있을 거야. 친구는 그러라고 있는 거잖아."

"사람들 때문에 그래, 올리. 정말 끔찍해……."

나는 눈썹을 찌푸렸다. 무슨 이야기를 하려는 건지
알 수 없었다. 아망다의 눈에는 또 다시 눈물이 맺혔다.
아망다가 말을 이어갔다.

"어떻게 이야기해야 할지 모르겠지만, 나는 더 이상
영상을 만들고 싶지 않아. 더 이상 '이상한 이야기' 채널
에 동참하고 싶지 않다고."

거세게 얻어맞기라도 한 것처럼 심장에 생생한 고통
이 느껴졌다. 충격을 받았지만 계속 질문을 던졌다. 납
득을 해야 했으니까.

"내가 한 말 때문이야? 아니면 내가 한 행동 때문이
야? 토마 때문에 그래? 네가……."

"네가 직접 봐!"

아망다가 내 말을 잘랐다.

아망다는 자기 노트북 화면을 열었다. 그리고 우리
채널에 올려둔 최신 동영상으로 들어가 스크롤을 넘기
며 댓글 창을 열었다. 그리고는 얼굴에 슬픈 그늘을 드
리우며 댓글들을 소리 내어 읽었다.

"'못생겼어!', '대체 뭘 먹었기에 저렇게 살이 찐 거야?', '분명 저 여자애가 먼저 남자애들한테 들이댔을걸?', '아 망다, 너 진짜 못생겼다'"

심장이 둘로 쪼개지는 것 같았다. 두 눈으로 보고도 도저히 믿을 수가 없었다. 처음에는 슬펐다가 점차 화가 났다. 나는 벌떡 일어서서 화면으로 다가갔다.

"이 말도 안 되는 소리들은 대체 뭐야?"

나는 화가 나서 소리쳤다.

마우스를 움켜쥐고 혐오가 가득한 댓글들을 훑었다. 심장 박동은 갑자기 빨라졌고, 나는 이를 꽉 악물었다. 내 얼굴에는 분명 분노가 가득했을 것이다. 닉네임 뒤에 숨어 있는 사람이 누구인지 찾아내서, 그 사람 집에 찾아가 직접 설명하라고 요구하거나 소셜 네트워크에 해명을 올리라고 하고픈 마음이 턱까지 차올랐다. 그렇지만 훨씬 더 영리하게 굴어야 한다는 사실을 알고 있었다. 바로 그런 반응이야말로 이렇게 역겨운 댓글을 올리는 사람들이 바라는 반응이었다.

문득 이런 댓글을 왜 더 일찍 보지 못했을까 싶었지만 토마랑 나는 '괴상한 저택'의 수수께끼가 담긴 책에 정신이 팔려 있어서 유튜브 채널을 관리할 짬이 없었던 게 떠올랐다. 우리 책임이기는 하지만 채널이 몸집이 커지는 바람에 영상에 몰려드는 댓글 수백 개를 처리할 시간이 없었다.

페이지를 따라가며 계속 댓글을 눈으로 훑다가 다른 말들에 시선이 붙잡혔다. 아까와는 전혀 다른 분위기의 말들이었다. 그리고 그 댓글들을 살펴보는 동안 내 얼굴에는 환한 미소가 피어나기 시작했다.

나는 호의적인 목소리로 읽었다.

"'아망다, 여자아이가 메이크업이나 외모 말고도 다른 이야기를 할 수 있다는 사실을 우리에게 보여 줘서 고마워', '네가 정말 좋아. 아망다. 네가 나오는 영상을 자주 보고 있어. 네 영상 덕분에 내 일상이 즐거워져', '여자아이가 있어서 다행이야. 남자아이만 둘이었으면 어휴······', '정말 예뻐, 아망다. 진짜 좋아', '너는 우리에게 좋은 본보기야. 고마워, 아망다!'"

나는 수십 개가 넘는 칭찬과 응원을 계속 읽었다. 다정한 말들이 댓글 창을 가득 채우고 있었다. 그런 다음 나는 아망다 옆에 앉아 말했다.

"우리 영상에 댓글이 수백 개가 달린다고 하면 그중 부정적인 내용은 두세 개뿐이야. 게다가 그런 댓글을 쓰는 사람들은 항상 똑같은 사람들이란 것을 너도 잘 알고 있을 거야. 그런 댓글들은 삭제하고 플랫폼에다 신고할게."

나는 숨을 크게 들이마시고는 아망다의 손을 부드럽게 감싸 쥐었다.

"있지, 이렇게 댓글을 쓰는 사람들이 기대하는 건 오로지 네가 상처를 입는 일뿐이야. 그 사람들이 이러는 게 정말로 즐거워서 그러는지 아니면 그 사람들의 삶이 형편없어서 유일한 오락거리가 인터넷에다 욕을 퍼붓는 것뿐이라 그러는지는 모르겠어. 그렇지만 내 눈에는 너를 응원해 주는 사람들 그리고 네가 앞에 나섰기 때문에 우리 영상을 봐 주는 사람들이 남긴 댓글들이 훨씬 더 많이 보여. '이상한 이야기'는 우리 세 명이서 하는 프로젝트지만, 너는 제일 중심에 서 있는 대들보야. 네가 없었다면 나는 발을 들일 엄두도 못 냈을 거야. 나를 즐겁게 해 주는 건 유튜브 채널이 아니라, 너와 같이 이 프로젝트를 한다는 사실이거든."

아망다가 미소를 지었다. 행복이 파도처럼 덮쳐 왔다.

"너를 불안하게 만들려던 사람들에게 네가 할 수 있는 가장 훌륭한 복수는 멈추지 않고, 그 사람들을 무시한 채 계속 이 일을 이어나가는 일이야. 어렵다는 건 잘 알지만······."

"네 말이 맞아."

아망다가 소심하게 말했다.

아망다는 내 손을 꽉 쥐었다. 우리는 아무 말 없이 눈을 맞추었다. 순간 얼굴이 붉어졌다. 이번만큼은 고개를 돌려서 내 얼굴을 감추지 않았다.

한참을 서로 바라보다가 아망다가 귀 뒤로 머리칼을 넘기며 내게 말했다.

"내가 놓쳤던 이야기들 전부 들려줄래? 노아네 아빠 보물을 어떻게 찾았는지 이야기해 줘."

나는 숨을 크게 들이마시고는 모든 일들을 이야기해 줬다.

# 25장

—

열흘 뒤.

아망다, 토마와 함께 나는 토마의 태블릿을 가운데에 두고 내 방 바닥에 둥그렇게 둘러앉았다. 우리는 '괴상한 저택'의 보물 찾기에 관한 마지막 편집 영상을 막 살펴본 참이었다. 프랑스 전역에서 이 게임을 시작하기 전에 짧은 홍보 영상을 만들고 싶다며 어드벤처 파크의 홍보팀이 우리에게 연락을 해 왔다. 당연히 우리는 아무런 스포일러도 누설해서는 안 됐다. 그리고 놀이공원을 경영하는 회사와 계약서를 써야 했다. 이제 어드벤처 파크에 영상을 보내서 확인을 받는 일이 남아 있었지만 이

건 단순한 절차 정도였다.

아망다는 화면에 출연하겠다고 했다. 그리고 그 문제가 일어난 뒤로 우리는 팬들로 이뤄진 작은 단체를 출범했다. 이 단체는 혐오 댓글을 관리하고, 제보하고, 신고하고, 특히나 예방하는 일과 온라인상 괴롭힘에 대한 심각성을 알리는 일을 맡았다. 그리고 이 주제를 다룬 영상도 찍었다. 그 영상을 발표하자 어마어마하게 많은 지지가 쏟아졌다. 어떤 단체들은 우리 행동을 높이 평가하기도 했다.

계단을 올라오는 소리, 그 다음에는 문을 두드리는 소리가 들렸다. 엄마가 우편물을 가지고 올라왔다.

엄마가 말했다.

"'이상한 이야기' 팀에게 온 우편이네. 마침 잘 됐다, 모두 다 여기 있구나."

나는 엄마가 내민 엽서를 빠르게 받았다. 엽서 앞면에는 짙은 푸른색 물로 둘러싸인 멋진 섬 사진이 있었다. 섬 위쪽으로는 산이 하나 솟아 있었는데, 그 봉우리에는 하얀 눈이 덮여 있었다. 꼭 솜으로 만든 커다란 왕관을 쓴 것 같았다. 그게 바로 레위니옹이라는 걸 한눈

211

에 알아볼 수 있었다.

엽서에 담긴 메시지는 짧았다. 그렇지만 우리 얼굴에 지어진 미소를 보면 이 엽서가 우리 모두의 마음을 따뜻하게 만들어 준 건 분명했다.

안녕, 얘들아! 나를 도와준 그 모든 일들에 다시 한 번 감사를 전해. 너희 덕분에 우리 가족들이 살던 섬(사진을 보면 어떻게 생긴 섬인지 감이 잡힐 거야)에서 가족들과 다시 만나 이곳에 자리 잡을 수 있었어. 원한다면 언제든지 놀러 와.

이곳에서 비밀스러운 작은 만을 알게 되었는데, 마을에 사는 노인들 이야기에 따르면 유명한 해적이 놔두고 간 보물이 숨겨져 있대. 너희가 새로운 영상을 찍으러 여기로 찾아온다면 우리 엄마랑 나는 정말 기쁠 거야. 너희를 우리 집에 재워 줄 수도 있어. 얼른 스카이프로 이야기 나누고 싶다(너희가 이 편지를 받을 때쯤이면 아마 분명 인터넷이 연결되어 있을 거야). 그럼 안녕.

― 노아

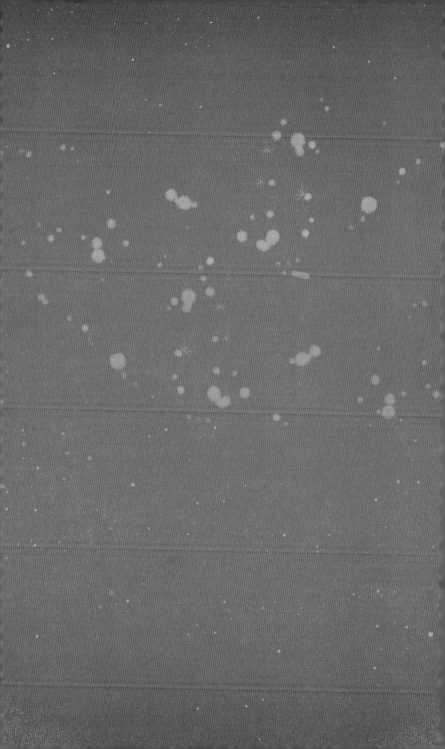

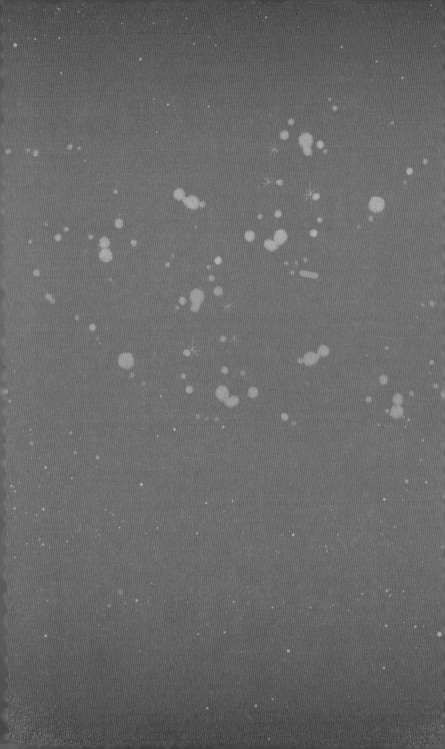